Genel Yayın: 3004

ANTON PAVLOVİÇ ÇEHOV
MARTI

ÖZGÜN ADI
ЧАЙКА

RUSÇA ASLINDAN ÇEVİREN
ATAOL BEHRAMOĞLU

SERTİFİKA NO: 40077

EDİTÖR
GAMZE VARIM

GÖRSEL YÖNETMEN
BİROL BAYRAM

REDAKSİYON
KORAY KARASULU

DÜZELTİ
MEHMET CELEP

GRAFİK TASARIM VE UYGULAMA
TÜRKİYE İŞ BANKASI KÜLTÜR YAYINLARI

I. BASIM BÜTÜN OYUNLARI I-II ADIYLA ADAM YAYINLARI, 1984, 1991
TÜRKİYE İŞ BANKASI KÜLTÜR YAYINLARI'NDA
I. BASIM 2002, İSTANBUL
II. BASIM (HASAN ÂLİ YÜCEL KLASİKLER DİZİSİ'NDE) EYLÜL 2006, İSTANBUL
MODERN KLASİKLER DİZİSİ'NDE I. BASIM NİSAN 2016, İSTANBUL
13. BASIM NİSAN 2020, İSTANBUL

ISBN 978-605-332-126-2

BASKI: DÖRTEL MATBAACILIK SAN. VE TİC. LTD. ŞTİ.
Zafer Mah. 147. Sokak 9-13A Esenyurt İstanbul
Tel. (0212) 565 11 66 Sertifika No: 40970

TÜRKİYE İŞ BANKASI KÜLTÜR YAYINLARI
İstiklal Caddesi, Meşelik Sokak No: 2/4 Beyoğlu 34433 İstanbul
Tel. (0212) 252 39 91 Faks (0212) 252 39 95
www.iskultur.com.tr

ÇEVİREN: ATAOL BEHRAMOĞLU

Çağdaş şiirimizin önde gelen ustalarından biri olmasının yanı sıra, Puşkin'den Çehov'a, Lermontov ve Turgenyev'den *Çağdaş Rus Şiiri Antolojisi*'ne çeviri edebiyatımızın da en yetkin adlarından biridir.

Modern
Klasikler
Dizisi - 34

Anton Pavloviç Çehov

Martı

Rusça aslından
çeviren: Ataol Behramoğlu

TÜRKİYE İŞ BANKASI
Kültür Yayınları

KİŞİLER

İRİNA NİKOLAYEVNA ARKADİNA
(Kocasının soyadıyla Trepleva) Aktris.

KONSTANTİN GAVRİLOVİÇ TREPLEV
İrina Nikolayevna'nın oğlu, genç bir adam.

PYOTR NİKOLAYEVİÇ SORİN
İrina Nikolayevna'nın ağabeyi.

NİNA MİHAYLOVNA ZAREÇNAYA
Zengin bir çiftlik sahibinin genç kızı.

İLYA AFANASYEVİÇ ŞAMRAYEV
Emekli üsteğmen, Sorin çiftliğinin kâhyası.

POLİNA ANDREYEVNA
İlya Afanasyeviç'in karısı.

MÂŞA
Şamrayev'lerin kızı.

BORİS ALEKSEYEVİÇ TRİGORİN
Yazar.

YEVGENİ SERGEYEVİÇ DORN
Doktor.

SEMYON SEMYONOVİÇ MEDVEDENKO
Öğretmen.

YAKOV
İşçi.

AŞÇI

HİZMETÇİ KIZ

Olay Sorin'in çiftliğinde geçer. Üçüncü ve dördüncü perdeler arasında iki yıllık bir zaman vardır.

I. Perde

(*Sorin'in çiftliğinde bahçenin bir bölümü. İki yanı ağaçlı geniş bir yol gerideki göle doğru uzanır. Bir amatör tiyatro gösterisi için yapıldığı belli derme çatma bir sahne, gölün görünmesine engel olmaktadır. Sahnenin sağında solunda fundalıklar. Birkaç iskemle ve küçük masa. Güneş az önce batmıştır. Amatör tiyatro gösterisi için hazırlanmış sahnenin inik perdesinin arkasında Yakov ve öteki işçiler çalışmakta, çekiç ve öksürük sesleri işitilmektedir. Parkta bir gezintiden dönen Mâşa ve Medvedenko soldan gelirler.*)

MEDVEDENKO

Neden hep karalar giyersiniz siz?

MÂŞA

Hayatımın yasını tutuyorum. Mutsuzum.

MEDVEDENKO

Neden ama?

(*Düşünceli.*)

Aklım ermiyor... Sağlığınız yerinde. Babanız zengin değil ama durumu hiç de kötü sayılmaz. Bir de beni düşünün. Ayda topu topu yirmi üç ruble geçiyor elime, emeklilik kesintisi de caba, ama yine de yas tuttuğum yok.

(*Otururlar.*)

MÂŞA

Para... Ne önemi var paranın? İnsan yoksulken de mutlu olabilir.

MEDVEDENKO

Evet, teoride öyle... Ama işin pratiğinde nasıl oluyor bakın: Ben, annem, iki kız bir de erkek kardeşim topu topu yirmi üç rubleyle geçinmek zorundayız. İnsan dediğin yiyip içer, öyle değil mi? Sonra çay, şeker? Tütün? Çık bakalım işin içinden çıkabilirsen...

MÂŞA

(*İç sahneye bakarak.*)

Gösterinin başlamasına az kaldı.

MEDVEDENKO

Evet. Zareçnaya oynayacak. Oyunun yazarı ise Konstantin Gavriloviç. Birbirlerine âşıklar, bugün gönülleri tek ve aynı sanatsal görüntüyü yaratma arzusunda kaynaşacak. Bizim gönüllerimizde ise ortak temas noktaları yok. Oysa seviyorum sizi Mâşa. Hasretimden evde duramıyorum. Her gün altı verst* yaya olarak buraya geliyor, aynı yolu yine yaya olarak gerisingeri dönüyorum da, soğuk bir umursamazlıktan başka bir şey göremiyorum sizde. Evet, anlıyorum tabii. Züğürdün tekiyim, elime bakan koca bir aile var... Kendi karnını doyurmaktan aciz birinin ardından niye gitmeli ki...

MÂŞA

Saçma.

(*Enfiye çeker.*)

Aşkınız etkiliyor beni ama karşılık veremiyorum, hepsi bu.

(*Tabakayı uzatır.*)

Buyurmaz mısınız?

MEDVEDENKO

İstemem.

(*Kısa bir sessizlik.*)

---

* 1,05 kilometreye karşılık gelen eski bir Rus uzunluk ölçüsü. (ç.n.)

MÂŞA

Ne boğucu hava. Bu gece sanırım fırtına patlar. Siz ya felsefe yapıyor ya da yoksulluktan dem vuruyorsunuz. Size göre yoksulluktan daha büyük mutsuzluk olamaz. Ama bence paçavralar içinde dolanıp da bir dilim ekmeğe muhtaç olmaktan çok daha beter şeyler vardır... Fakat sizin anlayacağınız bir şey değil bu...

(*Sağdan Sorin ve Treplev girer.*)

SORİN

(*Bastonuna dayanarak.*)

Şu köy hayatı bir türlü sinmedi içime oğlum. Alışamayacağım buralara belli ki. Dün saat onda kafayı vurup yattığımda ya da bu sabah dokuzda kalktığımda hep aynı duygu vardı içimde: Sanki çok uzun süren bir uyku yüzünden beynim kafatasıma yapışmış da falan filan...

(*Güler.*)

Öğle yemeğinden sonra da elimde olmaksızın yatıp uyudum yine, ama kafamın içi kazan gibi vesselam...

TREPLEV

Doğru. Kentte oturmalısın sen dayı.

(*Mâşa ile Medvedenko'yu görerek.*)

Hey, ne işiniz var burda sizin? Başladığı zaman çağırırlar. Ama şimdi gidin lütfen.

SORİN

(*Mâşa'ya.*)

Marya İlyiniçna, ne olur babanıza söyleyin de çözdürsün şu köpeği. Uluyup duruyor. Kız kardeşim dün de gözünü kırpmadı sabaha kadar.

MÂŞA

Babamla kendiniz konuşursunuz. Benim işim değil. Beni mazur görün lütfen.

(*Medvedenko'ya.*)

Gidelim!

MEDVEDENKO

(*Treplev'e.*)

Başladığı zaman haberimiz olacak, değil mi?

(*Mâşa ve Medvedenko çıkar.*)

SORİN

Demek it bütün gece uluyacak yine... Şu köyde hiçbir zaman gönlümce yaşayamadım gitti. Bir ay izin alıp geldiğim olurdu, hani dinlenirim filan diye. Ama burdaki saçmalıklarla canımdan bezer, daha ilk günden kaçıp gitmek isterdim.

(*Güler.*)

Her zaman zevk duyardım burdan ayrılırken... Gel gör ki emekli oldum, gidecek yerim yok vesselam... İster istemez burdayım...

YAKOV

(*Treplev'e.*)

Biz göle yıkanmaya gidiyoruz Konstantin Gavrilıç.

TREPLEV

Olur. Ama on dakika sonra yerinizde olun.

(*Saatine bakar.*)

Nerdeyse başlıyoruz.

YAKOV

Baş üstüne.

(*Çıkar.*)

TREPLEV

(*İç sahneye göz atarak.*)

İşte sana en âlâsından tiyatro! Perde, birinci kulis, sonra ikincisi, sonra da açık alan. Dekor yok. Doğrudan doğruya gölü ve ufku görüyoruz. Perde tam tamına sekiz buçukta, ay doğarken açılacak.

SORİN

Harika.

TREPLEV

Tabii Zareçnaya gecikirse tüm etki yok olur. Gelmesi de gerek artık. Babasıyla üvey annesi baskı altında tutuyorlar kızı, evden çıkması hapishaneden kaçmak kadar güç.

(*Dayısının boyunbağını düzeltir.*)

Tıraş olman gerekmez miydi, saçın sakalın birbirine karışmış...

SORİN

(*Sakalını tarayarak.*)

Hayatımın trajedisidir bu. Gençliğimde de böyleydi dış görünüşüm, sanki zilzurna sarhoşmuşum gibi filan. Kadınlar hiçbir zaman sevmedi beni.

(*Oturur.*)

Kız kardeşimin keyfi neden bozuk bugün?

TREPLEV

Neden mi? Canı sıkılıyor.

(*Sorin'in yanına oturur.*)

Kıskanıyor. Oyunda kendisi değil de Zareçnaya oynayacak diye bana da, gösteriye de, oyunuma da karşı. Tek satırını bilmeden nefret ediyor oyunumdan.

SORİN

(*Güler.*)

Yok canım, nerden çıkarıyorsun...

TREPLEV

Şu küçücük sahnede kendisi değil de Zareçnaya başarı kazanacak diye canı şimdiden sıkılmaya başladı bile.

(*Saatine bakar.*)

Psikolojik bir garabet örneğidir annem. Yeteneğinden hiç kuşku yok, akıllı bir kadındır: Kitap okurken gözyaşı dökebilir, Nekrasov'un tüm şiirlerini bir çırpıda ezbere okuyuverir sana, biri hasta oldu mu melek gibi titrer üstüne, ama yanında Duse*'yi falan övmeyi bir dene bakalım! Dünyayı başına yıkar! Sadece onu övmek, onun hakkında yazmak, *Kamelyalı Kadın* ya da

* Eleonora Duse (1858-1924): Rusya'da da sahneye çıkmış, ünlü İtalyan aktris. (ç.n.)

Hayatın Tütsüleri oyunlarındaki olağanüstü oyunculuğuna hayran kalmak zorundasındır. Tabii burda köyde bu afyondan yoksun kaldığı için canı sıkılıyor, öfkeleniyor, hepimiz düşman görünüyoruz gözüne, kabahatliyiz. Sonra boş inançları vardır; yan yana üç mumun yakılmasından, on üç sayısından korkar. Üstelik de cimridir. Odesa'da, bankada yetmiş bin rublesi olduğunu pekâlâ biliyorum. Ama ödünç para iste de göreyim, ağlayıp sızlanmaya başlar.

SORİN

Annenin oyunundan hoşlanmadığını takmışsın aklına, huysuzlanıp duruyorsun. Telaşa gerek yok, annen tapıyor sana.

TREPLEV

(*Bir çiçeğin yapraklarını koparak.*)

Seviyor, sevmiyor, seviyor, sevmiyor, seviyor, sevmiyor...

(*Güler.*)

Gördün mü, annem sevmiyor beni. Bunda şaşacak bir şey de yok! Yaşamak istiyor o, âşık olunmak, açık, parlak renkli bluzlar giymek istiyor... Bense yirmi beş yaşına bastım, ona artık genç olmadığını anımsatıyorum her an. Ben olmadığımda otuz iki yaşındadır, benim yanımdaysa kırk üçünde, işte bunun için nefret ediyor benden. Ayrıca tiyatrodan hazzetmediğimi de biliyor. O seviyor tiyatroyu, tiyatro yoluyla insanlığa, kutsal sanata hizmet ettiğini sanıyor. Ama bence bugünün tiyatrosu tutuculuktan, boş ve geri şeylerin savunuculuğundan başka bir şey değil. Perde kalkıp da o üç duvarlı odada, sahnenin yapay ışığında, o büyük yeteneklerin, kutsal sanatın yüce kişilerinin, insanların nasıl yiyip içtiğini, seviştiğini, yürüdüğünü, nasıl ceket giydiğini bize betimlediklerini gördüğümde; bayağı tablolar ve tümcelerle, ancak mankafaların işine yarayacak o küçük, basit ahlakı şırınga etmeye çalıştıklarını izlediğimde; binlerce değişik görüntü arkasında hep aynı bayağı şeyi ısıtıp ısıtıp sunduklarında; Maupassant'ın, kabalığı ve bayağılığıyla üstüne bir karabasan gibi çöken Eyfel Kulesi'nden kaçması gibi kaçıyorum ben de.

SORİN

Tiyatrosuz da olmaz ki.

TREPLEV

Yeni biçimler gerek. Yeni biçimler bulunamıyorsa, hiçbir şey olmasın daha iyi.

(*Saatine bakar.*)

Annemi seviyorum, hem de çok. Fakat anlamsız bir yaşam sürdürüyor, şu yazarla birlikte adı ayyuka çıktı, gün geçmiyor ki gazetelerin dedikodu sayfalarında ondan söz edilmesin. Bu da bıktırdı beni. Bazen de sıradan bir ölümlünün bencilliğini duyuyorum içimde; annemin ünlü bir aktris olmasına üzülüyorum, herhangi bir kadın olsaydı daha mutlu olurdum gibi geliyor bana. Kimi zaman ünlü kişilerle dolu olurdu evimiz; aktörler, aktrisler, yazarlar... Aralarında hiçbir değeri bulunmayan, sırf onun oğlu olduğum için varlığına katlanılan bir tek bendim... Dayı, insanı bundan daha çok ezen, bundan daha aptalca bir durum olabilir mi?.. Kimim ben? Neyim? Üniversitenin üçüncü sınıfından, hani derler ya, elde olmayan nedenlerle ayrılmak zorunda kalmış, yeteneksiz, meteliksiz, kimliğime göre de Kiev doğumlu bir küçük burjuva... Gerçekten, babam ünlü bir aktör olsa da Kievli bir küçük burjuvaydı. Neyse, annemin konuk salonunda tüm bu sanatçılar, yazarlar sevecen ilgilerini bana yönelttiklerinde, bakışlarıyla hiçliğimi ölçüyorlarmış gibi gelir, düşüncelerini okur, aşağılanmışlığın acısıyla ezilirdim.

SORİN

Hazır sözü açılmışken, söylesene şu yazar nasıl bir adam? Anlamak güç. Hep susuyor.

TREPLEV

Akıllı, sade, biraz da melankolik biri. Efendi ve ölçülü. Daha kırkında bile değil, ama şimdiden ünlü ve gırtlağına kadar doymuş hayata... Yazdıklarına gelince... nasıl söylemeli? Hoş ve ilginç... fakat Tolstoy ya da Zola'dan sonra Trigorin okumak istemiyor insan.

SORİN

Kim ne derse desin, yazarları severim doğrusu. Bir zamanlar iki şeyi tutkuyla istemiştim: Evlenmek ve yazar olmak, fakat ne biri oldu ne öteki... Yaa. Küçük bir yazar olmak bile hoştur vesselam...

TREPLEV

(*Kulak kabartarak.*)

Ayak sesleri duyuyorum...

(*Dayısını kucaklar.*)

Onsuz yaşayamam... Adımlarının sesi bile ne kadar güzel... Çılgınca mutluyum.

(*Sahneye girmekte olan Nina Zareçnaya'ya doğru hızla yürür.*)

Büyüleyici peri, düşlerimin sevgilisi...

NİNA

(*Heyecanlı.*)

Geç kalmadım ya... Ha, geç kalmadım değil mi?..

TREPLEV

(*Ellerini öperek.*)

Hayır, hayır, hayır...

NİNA

Gün boyunca tedirginlik içinde kıvrandım durdum, ne korkunçtu Tanrım! Babam bırakmayacak diye ödüm kopuyordu... Bereket versin bir yere gittiler üvey annemle. Gök kızarıyor, ay doğdu doğacak, atı deli gibi sürdüm...

(*Güler.*)

Öyle sevinçliyim ki şimdi.

(*Sorin'in elini kuvvetle sıkar.*)

SORİN

(*Güler.*)

Gözler... ağlamaktan kızarmış belli ki... Yok yok! İyi bir şey değil bu.

NİNA

Öyle... Nasıl soluk soluğayım baksanıza. Yarım saat sonra da döneceğim, acele etmem gerek. Yok, olmaz, ne olur bırakın da gideyim... Babam burda olduğumu bilmiyor.

TREPLEV

Hemen başlamalıyız zaten. Gidip herkese haber vereyim.

SORİN

Bu işi ben yaparım, olur biter. Hemen gidiyorum.

(*Sağdan çıkarken bir şarkı mırıldanır.*)

"İki asker Fransa'ya dönerken..."

(*Durup çevresine bakınır.*)

Bir keresinde yine böyle şarkı söylüyordum da, bir savcı yardımcısı arkadaş "Sesiniz pek gür ekselans!" demişti. Sonra biraz düşünüp eklemişti:

"Ama çirkin."

(*Gülerek çıkar.*)

NİNA

Babamla karısı buraya gelmeme izin vermiyorlar. Burda bohem hayatı yaşanıyormuş... Aktris olmamdan korkuyorlar... Benim gönlümse, tıpkı bir martı gibi, buraya, bu göle doğru akıyor... Yüreğim sizinle dopdolu...

(*Çevreye bakınır.*)

TREPLEV

Yalnızız.

NİNA

Orda biri var galiba...

TREPLEV

Yok kimse.

(*Öpüşürler.*)

NİNA

Ne ağacı bu?

TREPLEV

Karaağaç.

NİNA

Neden kapkara öyle?

TREPLEV

Akşam oldu, her şey kararıyor. Yalvarırım erken gitmeyin.

NİNA

Olanaksız.

TREPLEV

Peki ben size gelsem Nina? Tüm gece boyunca, sabaha kadar, bahçede durup pencerenize bakmak için.

NİNA

Olmaz bekçi görür. Köpek de alışkın değil size, havlar.

TREPLEV

Seviyorum sizi.

NİNA

Şşş...

TREPLEV

(*Ayak sesleri duyar.*)

Kim var orda? Siz misiniz Yakov?

YAKOV

(*Sahne gerisinden.*)

İyi bildiniz efendim.

TREPLEV

O zaman yerinizde kalın. Zaman da geldi. Ay yükseldi mi?

YAKOV

Evet efendim.

TREPLEV

İspirto hazır mı? Kükürt de tamam, değil mi? Kızıl gözler göründüğünde, kükürt kokusu yayılacak.

(*Nina'ya.*)

Sahneye geçebilirsiniz, her şey tamam. Heyecanlı mısınız?

NİNA

Evet, çok. Anneniz neyse, ondan çekinmiyorum, ama Trigorin de burda... Korkunç bir şey onun karşısında oynamak, utanıyorum da... Ünlü bir yazar... Genç mi?

TREPLEV

Evet.

NİNA

Olağanüstü güzellikte hikâyeleri var!

TREPLEV

(*Soğukça.*)

Bilmem, okumadım.

NİNA

Sizin oyununuzda oynamak güç bir şey. Canlı kişiler yok.

TREPLEV

Canlı kişiler! Hayatı olduğu ya da olması gerektiği gibi değil, hayalimizde canlandırdığımız gibi betimlemek gerek.

NİNA

Çok az hareket var oyununuzda, sadece okuma. Oysa bir oyunda bence mutlaka aşk olmalı...

(*Birlikte sahne arkasına giderler.*)

(*Polina Andreyevna ve Dorn girerler.*)

POLİNA ANDREYEVNA

Hava nemleniyor. Dönüp lastik çizmelerinizi giyin.

DORN

Ben yanıyorum.

POLİNA ANDREYEVNA

Hiç sakınmıyorsunuz kendinizi. İnatçılık ediyorsunuz. Bir doktor olarak nemli havanın size ne kadar zararlı olduğunu pekâlâ bilirsiniz de, amacınız bana acı çektirmek. Dün akşam da mahsus oturdunuz terasta...

DORN

(*Bir şarkı mırıldanır.*)

"Söz etme gençliğimi mahvettiğinden..."

POLİNA ANDREYEVNA

İrina Nikolayevna ile öyle tatlı sohbet ediyordunuz ki havanın soğuduğunu fark etmediniz bile... Doğru söyleyin, hoşlanıyorsunuz ondan değil mi?

DORN

Yaşım elli beş.

POLİNA ANDREYEVNA

Boş lakırdı, bir erkek için yaşlı sayılmaz. Kendinize iyi bakmışsınız, hâlâ hoşuna gidiyorsunuz kadınların.

DORN

Peki ne istiyorsunuz?

POLİNA ANDREYEVNA

Bir aktris gördünüz mü, hepiniz yerlere kapanmaya hazırsınız. Hepiniz!

DORN

(*Bir şarkı mırıldanır.*)

"İşte yeniden karşında senin..." Toplumda sanatçılara hayranlık duyuluyor, onlara sözgelimi tüccarlardan daha farklı davranılıyorsa, eşyanın doğasına uygun bir şeydir bu. Bir çeşit idealizmdir.

POLİNA ANDREYEVNA

Kadınlar her zaman âşık oldular size, kucağınıza attılar kendilerini. Bu da mı idealizm?

DORN

(*Omuz silkerek.*)

Ne var bunda? Kadınlarla gerçekten de çok iyidir ilişkilerim. Bende her şeyden önce becerikli bir hekimi sevdiler. Anımsarsanız on-on beş yıl kadar önce bütün bu il çevresinde, doğru dürüst tek doğum hekimi bendim. Ayrıca her zaman dürüst olmuşumdur insan ilişkilerinde.

POLİNA ANDREYEVNA

(*Dorn'un elini tutarak.*)

Canım benim!

DORN

Yavaş. Gelen var.

(*Sorin, kolunda Arkadina, yanlarında Trigorin, Şamrayev, Medvedenko ve Mâşa girerler.*)

ŞAMRAYEV

Onu 1873'te Poltava panayırı sırasındaki oyununda görecektiniz, ne harika kadındı! Şimdi bile heyecanlanıyorum düşünürken! Harika bir oyuncuydu! Ya komik Çadin, Pavel Semyoniç Çadin, onun nerde olduğunu biliyor musunuz? Rasplyuyev rolünde onun gibisi yoktu, inanın Sadovski'den bile üstündü hanımefendi. Acaba nerde şimdi?

ARKADİNA

Durmadan bir takım Nuh nebiden kalma şeyleri sorup duruyorsunuz. Nerden bileyim canım!

(*Oturur.*)

ŞAMRAYEV

(*İçini çekerek.*)

Paşka Çadin! Ben öyle oyuncuyu nerden bulayım şimdi! Tiyatro çok şey yitirdi İrina Nikolayevna! Eskiden güçlü meşe ağaçları vardı, şimdi karşımıza çıkanlar ise bildiğimiz kütük.

DORN

Büyük yıldızların azaldığı doğru, ama buna karşılık ortalama oyuncunun düzeyi çok yükseldi.

ŞAMRAYEV

Sizinle uzlaşmama olanak yok. Bununla birlikte zevk sorunudur, tartışılmaz. *De gustibus aut bene, aut nihil.*

(*Treplev sahne arkasından bakar.*)

ARKADİNA

Sevgili oğlum, ne zaman başlıyor?

TREPLEV

Az sonra. Biraz sabretmenizi diliyorum.

ARKADİNA

(*Hamlet'ten alıntı yaparak.*)

"Oğlum! Bakışlarımı ruhumun ta derinliklerine yönelttin sen ve ben orda öyle kanlı, öyle öldürücü yaralar gördüm ki kurtuluş yok!"

TREPLEV

(*Hamlet'ten alıntı yaparak.*)

"Öyleyse neden kötülüğe teslim ettin kendini, aşkı cinayetin uçurumunda aradın?"

(*Sahne gerisinden boru sesi gelir.*)

TREPLEV

Bayanlar baylar, başlıyoruz! Lütfen dikkat!

(*Kısa bir sessizlik.*)

Başlıyorum.

(*Bir değnekle yere vurur ve yüksek sesle konuşur.*)

Ey geceleyin bu gölün üzerinde uçuşan eski zaman gölgeleri, saygıdeğer hayaller uyutun bizleri, uyutun ki iki yüz bin yıl sonra olacakları görelim!

SORİN

İki yüz bin yıl sonra hiçbir şey olmayacak.

TREPLEV

Öyleyse bırakalım da bu hiçbir şeyi göstersinler bize.

ARKADİNA

Bırakalım. Biz uyuyoruz.

(*Perde kalkar. Göl gözler önüne serilir. Ufukta ay ve ışıklarının suda yansımaları. Nina Zareçnaya, tepeden tırnağa ak giysiler içinde büyücek bir kaya üzerinde oturmaktadır.*)

NİNA

İnsanlar, aslanlar, kartallar ve keklikler, boynuzlu geyikler, kazlar, örümcekler, derin suların suskun balıkları, denizyıldızları ve gözle görülmesi olanaksız varlıklar; kısaca tüm canlılar, tüm canlılar, tüm canlılar, yaşamlarının kederli çemberini tamamlayıp söndüler... Artık binlerce yüzyıldır yeryüzü tek bir canlı varlık taşımıyor üzerinde ve bu zavallı ay boşu boşuna yakıyor fenerini. Çayırlarda çığrışarak uyanan turna kuşları yok artık ve ıhlamur korularında mayısböceklerinin vızıltıları işitilmiyor. Soğuk, soğuk, soğuk... Boşluk, boşluk, boşluk... Dehşet, dehşet, dehşet...

(*Kısa bir sessizlik.*)

Tüm canlı yaratıkların vücutları toza dönüştü ve sonsuz madde onları taşa, suya, buluta çevirdi ve hepsinin ruhları tek bir ruhta birleşti. Evrensel dünya ruhunda... O benim, ben... Büyük İskender'in ruhu da, Sezar'ınki de, Shakespeare'inki de, Napoléon'unki de ve sülüklerin en değersizinin ruhu da bendedir. İnsanların bilinçleri ve hayvanların içgüdüleri birleşip kaynaştılar bende ve ben her şeyi, her şeyi, her şeyi anımsıyor, tüm hayatları yeniden yaşıyorum kendimde...

(*Bataklık gazlarının alevleri görünür.*)

ARKADİNA

(*Alçak sesle.*)

Dekadanca bir şey bu.

TREPLEV

(*Yalvarırcasına, sitemle.*)

Anne!

NİNA

Yapayalnızım. Bir şey söylemek için yüzyılda bir açarım ağzımı, sesim bu boşlukta kederle çınlar ve hiç kimselere ulaşmaz... Siz de ey solgun alevler, işitmiyorsunuz beni... Sabah öncesinde çamurlu bataklıktan yükselirsiniz siz ve tan vaktine kadar sürtüp durursunuz düşüncesizce, iradesizce, hiçbir yaşam kıpırtısı taşımaksızın... Sonsuz maddenin babası şeytan, bir yaşam kıpırtısı doğar korkusuyla, taşlarda ve sularda olduğu gibi, her an sizin atomlarınızı da değiştirir ve durmaksızın değişirsiniz. Evrende sürekli ve değişmez olarak sadece ruh kalır.

(*Kısa bir sessizlik.*)

Bomboş, derin bir kuyuya atılmış bir tutsak gibi, nerdeyim, beni ne bekliyor bilmiyorum. Fakat bir tek şey var bildiğim, çok iyi bildiğim: Maddi güçlerin yaratıcısı şeytanla amansız, acımasız kavgada, zafer mutlaka benim olacak ve sonuçta da madde ile ruh eşsiz bir uyumla birleşip kaynaşacak, dünyevi iradenin egemenliği başlayacak. Fakat uzun, yavaş, binlerce yıllık bir sürecin sonrasında hem Ay, hem parlak Sirius, hem de yeryüzü toza dönüştükten sonra gerçekleşecek bu... Ama o zamana kadar dehşet, dehşet...

(*Kısa bir sessizlik; göl üzerinde iki kızıl ışık görünür.*)

İşte amansız düşmanım şeytan yaklaşıyor... Korkunç, kızıl gözlerini görüyorum onun...

ARKADİNA

Kükürt koktu. Bu da oyunun gereği mi?

TREPLEV

Evet.

ARKADİNA

(*Güler.*)

Anladım, efekt...

TREPLEV

Anne!

NİNA

İnsansız canı sıkılıyor onun...

POLİNA ANDREYEVNA

(*Dorn'a.*)

Şapkanızı çıkardınız. Giyin, yoksa üşütürsünüz.

ARKADİNA

Doktor, sonsuz maddenin babası şeytana hürmeten çıkardı şapkasını.

TREPLEV

(*Öfkeyle bağırır.*)

Oyun bitti! Yeter! Perde!

ARKADİNA

Kızacak ne var canım?

TREPLEV

Yeter! Perde! İndirin perdeyi!

(*Tepinir.*)

Perde!

(*Perde iner.*)

Kabahat bende. Oyun yazmanın, sahneye çıkmanın çok az sayıda seçkin kişiye vergi olduğunu gözden kaçırdım. Tekelinizi bozdum!.. Bana... ben...

(*Bir şeyler daha söylemek isterse de elini sallar, soldan çıkar.*)

ARKADİNA

Nesi var bunun?

SORİN

İrina, bir delikanlının onuruyla oynanmaz böyle iki gözüm.

ARKADİNA

Canım, ne dedim şimdi ona ben?

SORİN

Kalbini kırdın.

ARKADİNA

Başta bunun bir şaka olduğunu söyleyen kendisiydi, ben de şaka gibi aldım işi.

SORİN

Ama ne olursa olsun...

ARKADİNA

Şimdi anlaşılıyor ki büyük bir sanat eseri yazmış! Bakın şu işe! Demek bütün bu düzenlemeler, kükürt kokutmalar, şaka için değil de sanatsal bir gösteri içinmiş... Bize nasıl oyun yazılacağını ve nasıl oynanacağını öğretmek istemiş. Ama bir yerden sonra can sıkıcı bütün bunlar. Bana karşı, bu sürekli olarak tedirgin edici tavırları, iğneli sözleri, bilmem ama kimin olsa canını sıkar!

SORİN

Seni memnun etmek istedi...

ARKADİNA

Öyle mi? Peki sıradan bir oyun seçmeyip de bizi bu dekadanca sayıklamayı dinlemek zorunda bırakmasına ne demeli? Şaka için olduktan sonra sayıklama dinlemeye de hazırım. Ama bu öyle değil. Yeni biçimler, sanatta yeni bir dönem iddiaları var burda. Aslındaysa yeni biçim filan laf, huyu kötü, hepsi bu.

TRİGORİN

Herkes isteğine ve becerisine göre yazmakta özgürdür.

ARKADİNA

Varsın yazsın istediğini ve becerebildiğini, beni rahat bıraksın da...

DORN

Jüpiter, öfkeleniyorsun...

ARKADİNA

Jüpiter değilim ben, kadınım.

(*Bir sigara yakar.*)

Öfkelenmiş de değilim, sadece genç bir insan böyle can sıkıcı şeylerle neden vakit öldürür diye üzülüyorum. Kalbini kırmak istememiştim.

MEDVEDENKO

Ruhun maddeden ayrılabileceği konusunda bir dayanağımız yok. Çünkü belki de ruhun kendisi maddi atomların bir toplamıdır.

(*Trigorin'e heyecanla.*)

Bakın şu bizim öğretmenlerin hayatı üstüne bir oyun yazıp sahnede oynamak çok ilginç olurdu! Güç bir hayat bu, çok güç!

ARKADİNA

Diyecek yok... Ama oyunları da atomları da bir yana bırakalım şimdi. Ne güzel bir akşam! Bir yerlerde şarkı söyleniyor işitiyor musunuz?

(*Kulak kabartır.*)

Ne kadar hoş!

POLİNA ANDREYEVNA

Öbür kıyıda söylüyorlar.

(*Kısa bir sessizlik.*)

ARKADİNA

(*Trigorin'e.*)

Yanıma otursanıza. On-on beş yıl kadar önce bu gölün üstünde her gece müzik ve şarkı sesleri çınlardı. Şu gördüğünüz kıyıda altı malikâne vardır. O kahkahaları, cümbüşleri, atış talimlerini, o bitmez tükenmez aşk ilişkilerini anımsıyorum da şimdi... O zamanlar bütün bu çevrelerin *jeune premier*'i, taptığı kişi, işte şu gördüğünüz Doktor Yevgeni Sergeyiç'ti.

(*Dorn'u gösterir*)

Şimdi de başını döndürebilir kadınların, ama o zamanlar karşı konulmaz bir çekiciliği vardı. Biliyor musunuz, rahat değil içim. Niye kırdım zavallı çocuğu sanki?

(*Seslenir.*)

Kostya! Oğlum! Kostya!

MÂŞA

Gidip arayayım onu.

ARKADİNA

Lütfen cancağızım.

MÂŞA

(*Bağırarak soldan çıkar.*)

Konstantin Gavriloviç! Konstantin Gavriloviç nerdesiniz?

NİNA

(*İç sahneden çıkarak.*)

Anlaşılan devam etmeyecek, çıkabilirim. Selamlar!

(*Arkadina ve Polina Andreyevna ile öpüşürler.*)

SORİN

Tebrikler! Tebrikler!

ARKADİNA

Bravo! Bravo! Zevkle izledik. İnsanın böyle bir güzellik, böyle harika bir sesle köyde oturması günah. Yetenek var sizde. Bakın, mutlaka sahneye çıkmalısınız siz!

NİNA

Ah benim hayalimdir bu!

(*İçini çeker.*)

Fakat bu hayal hiçbir zaman gerçekleşmeyecek.

ARKADİNA

Kim bilir? Size Trigorin'i takdim edeyim. Boris Alekseyeviç.

NİNA

Ne kadar sevindim...

(*Utangaç, şaşkın bir tavırla.*)

Sizi hep okurum...

ARKADİNA

(*Nina'yı yanına oturtarak.*)

Sıkılmayın cancağızım. Ünlüdür ama burnu büyük değildir. Bakın, o da sıkılıyor...

DORN

Şu perde kalkabilir artık değil mi, insanın içi kararıyor.

ŞAMRAYEV

(*Bağırır.*)

Yakov, şu perdeyi kaldırıver aslanım!

(*Perde açılır.*)

NİNA

(*Trigorin'e.*)

Tuhaf bir oyun, öyle değil mi?

TRİGORİN

Hiçbir şey anlamadım. Ama yine de zevkle izledim. Öyle içten oynuyordunuz ki. Dekor da çok güzeldi.

(*Kısa bir sessizlik olur.*)

Bu gölde balık bol olsa gerek.

NİNA

Öyledir.

TRİGORİN

Balık tutmaya bayılırım. Akşamüstü oturup da olta mantarının su üstünde kımıldanışını seyretmekten daha büyük bir keyif yoktur benim için.

NİNA

Bense yaratma keyfini tatmış birinin başka hiçbir şeyden keyif almayacağını düşünürüm hep.

ARKADİNA

(*Güler.*)

Aman böyle şeyler söylemeyin. İltifat edildiğinde neye uğradığını şaşırıyor çünkü.

ŞAMRAYEV

Anımsıyorum da şimdi, bir gün Moskova'da, operadayız... Ünlü bas Silva, en alt perdeden bir do sesi çıkardı sahnede. Balkondaki izleyiciler arasında, şu rastlantıya bakın, bizim kilise korosundan bir bas oturuyor. Seninki ansızın, şaşkınlığımızı tasavvur edin, bir perde daha aşağıdan "Bravo Silva!" diye gürlemez mi... Bakın şöyle

(*Alt perdeden bir basla.*)

"Bravo Silva!.." Tiyatro donup kaldıydı...

(*Kısa bir sessizlik olur.*)

DORN

Şeytan geçti.

NİNA

Gitmeliyim ben. Hoşça kalın.

ARKADİNA

Nereye? Böyle erkenden? Yo, bırakmayız sizi.

NİNA

Babam bekliyor.

ARKADİNA

O da nasıl bir adam böyle canım!..

(*Öpüşürler.*)

Eh, ne gelir elden. Yazık doğrusu, sizden ayrılmak böyle...

NİNA

Burdan gitmenin benim için ne kadar güç olduğunu bilseniz...

ARKADİNA

Bari birisi eşlik etseydi size yavrucuğum...

NİNA

(*Ürkerek.*)

Yo, yo, olmaz!

SORİN

(*Yalvarırcasına.*)

Kalın, ne olur!

NİNA

Olanaksız Pyotr Nikolayeviç.

SORİN

Bir saatliğine kalın, ne ne çıkar ki...

NİNA

(*Bir an düşünür, ağlamaklı.*)

Olanaksız!

(*Sorin'le el sıkışır ve hızla çıkıp gider.*)

ARKADİNA

Talihsiz kız. Söylediklerine göre annesi servetinin tümünü, son kuruşuna kadar kocasına bırakmış. Adam da vasiyetnamesinde varını yoğunu ikinci karısına bıraktığı için kızcağızın hiçbir şeyi yok. Olacak iş değil doğrusu!

DORN

Evet, hakkını teslim etmek gerekirse babacığı eşi az bulunur bir hayvandır.

SORİN

(*Üşümüş ellerini ovuşturarak*)

Biz de gidelim artık dostlar, hava nemlendi. Bacaklarım sızlıyor.

ARKADİNA

Zaten bacakların tahtadan sanki, güçlükle sürüklüyorsun! Ne yapalım, gidelim bari zavallı ihtiyarcık...

(*Koluna girer.*)

ŞAMRAYEV

(*Karısına kolunu vererek*)

Madam...

SORİN

Köpek havlıyor yine...

(*Şamrayev'e*)

İlya Afanasyeviç, çok rica ederim çözdürün şu hayvanı.

ŞAMRAYEV

Olmaz Pyotr Nikolayeviç, ambara hırsız girmesinden korkarım. İçerde darı var.

(*Yanı sıra yürüyen Medvedenko'ya*)

Tam anlattığım gibi, bir perde daha aşağıdan, "Bravo Silva!"... Hem de opera şarkıcısı değil de, sıradan bir kilise koristi yapıyor bunu.

MEDVEDENKO

Bir kilise koristinin maaşı ne kadardır?

(*Dorn'dan başka herkes çıkar.*)

DORN

(*Yalnız.*)

Ya hiçbir şey anlamıyorum bu işten ya da aklımı kaçırdım, ama bu oyun hoşuma gitti benim... Söylemek istediği bir şeyler var... Bu kız yalnızlıktan söz ederken, sonra şeytanın kızıl gözleri göründüğünde heyecandan ellerimin titrediğini hissettim... Taze, naif bir şeyler vardı... Hah, geliyor galiba. Ona oyunuyla ilgili birçok güzel şey söylemek geliyor içimden.

TREPLEV

(*Girer.*)

Kimse kalmamış.

DORN

Ben varım.

TREPLEV

Mâşa dört dönüyor parkta, beni arıyor. Çekilmez yaratık!

DORN

Konstantin Gavriloviç, çok sevdim oyununuzu. Biraz tuhaf bir şey, sonunu da izleyemedik, ama yine de güçlü bir etki uyandırdı bende. Yetenekli bir insansınız siz, bırakmayın bu işin ardını.

(*Treplev kuvvetle sıkar Dorn'un elini ve tutkuyla kucaklar onu.*)

DORN

Ne kadar da gerginsiniz böyle! Gözlerinizden yaşlar fışkırdı fışkıracak... Bakın ne diyeceğim: Konunuzu soyut düşünceler oluşturuyor. Öyle de olması gerekir. Çünkü bir sanat yapıtı mutlaka büyük bir düşünceyi dile getirmeli. Ancak ciddi olan şey güzel olabilir. Ne kadar solgunsunuz!

TREPLEV

Yani yazmayı sürdürmeli miyim sizce?

DORN

Evet... Fakat sadece önemli ve kalıcı olanı betimleyin. Biliyor musunuz, oldukça renkli bir ömür sürdüm ben. Hayatımdan memnunum. Fakat sanatçıların yaratıcılık anında duydukları o ruh yücelmesini duymuş olsaydım, zannederim maddi olan her şeyi küçümserdim ve ruhum kanatlanmışçasına yükselirdi.

TREPLEV

Özür dilerim, Zareçnaya nerde?

DORN

Bir şey daha söylemek istiyorum bakın: Bir yapıt açık, kesin, belirli bir düşünceyi içermelidir. Belirli bir amaç olmadan yola çıkarsanız ya yolunuzu şaşırırsınız ya da yeteneğiniz yok eder sizi.

TREPLEV

(*Sabırsızlıkla.*)

Zareçnaya nerde?

DORN

Evine döndü.

TREPLEV

(*Ümitsiz.*)

Ne yapmalı şimdi? Görmeliyim onu... Mutlaka görmeliyim... Oraya gidiyorum...

(*Mâşa girer.*)

DORN

(*Treplev'e.*)

Biraz sakin olun dostum.

TREPLEV

Ne olursa olsun gideceğim oraya. Gitmeliyim.

MÂŞA

Konstantin Gavriloviç, anneniz sizi bekliyor evde. Çok merak ediyor.

TREPLEV

Arabaya binip gittiğimi söyleyin ona. Ayrıca hepinizden rica ediyorum, beni rahat bırakın! Bırakın diyorum! Bırakın peşimi!

DORN

Fakat, fakat olmaz ki böyle yavrucuğum... İyi değil bu...

TREPLEV

(*Gözleri yaş içinde.*)

Hoşça kalın doktor. Teşekkür ederim size...

(*Çıkar.*)

DORN

(*İçini çeker.*)

Ah gençlik, gençlik!

MÂŞA

Söyleyecek başka bir şey bulamadılar mı gençlik, gençlik derler...

(*Enfiye çeker.*)

DORN

(*Mâşa'nın elinden tabakayı çekip alarak fundalıklara fırlatır*)

İğrenç bir şey bu!

(*Kısa bir sessizlik.*)

Müzik sesi geliyor evden. Gidelim hadi.

MÂŞA

Durun.

DORN

Ne var?

MÂŞA

Size söylemek istediğim bir şey var yine... Öyle konuşma isteğiyle dolu ki içim...

(*Heyecanlanmıştır.*)

Babamı sevmiyorum... ama yüreğimde size karşı sevgi var... Nedense tüm benliğimle bana yakın olduğunuzu hissediyorum... Bana yardım edin, yardım edin, yoksa bir aptallık yapacak, hayatımla oynayıp berbat edeceğim onu... Daha fazla dayanamayacağım artık.

DORN

Nedir, ne yardımı?

MÂŞA

Acı çekiyorum. Hiç kimse, hiç kimse farkında değil çektiğim ıstırapların!

(*Başını Dorn'un göğsüne koyar, alçak sesle.*)

Konstantin'i seviyorum.

DORN

Hepiniz nasıl da çılgına dönmüşsünüz! Nasıl da! Ve ne kadar çok aşk var böyle... Ey büyüleyici göl... sensin nedeni bunların...

(*Sevecen.*)

Fakat ne yapabilirim ben çocuğum? Ne gelir elimden? Ne?

II. Perde

(Bir kroket alanı ve çiçek tarhları. Sağda, arka planda, büyük terasıyla ev; solda, güneşin parlak ışınları altında göl görünmektedir. Öğle vakti. Sıcak. Alanın bir köşesinde, yaşlı bir ıhlamur ağacının gölgesinde Arkadina, Dorn ve Mâşa bir bankta oturmaktadırlar. Dorn'un dizlerinde açık bir kitap vardır.)

ARKADİNA

(*Mâşa'ya.*)

Gelin, kalkıp yan yana duralım.

(*Kalkıp yan yana dururlar.*)

Hah, şöyle... Şimdi siz yirmi iki yaşındasınız değil mi, bense hemen hemen iki katı... Yevgeni Sergeyiç, hangimiz daha genç görünüyoruz?

DORN

Elbette siz.

ARKADİNA

Gördünüz mü cancağızım... Neden ama? Ben çalışıyorum, hayatı duyarak yaşıyorum, her an hareketteyim, siz ise yerinizden kımıldamıyor, yaşamıyorsunuz... Sonra, bir de kuralım vardır benim: İleriye bakmamak... Ne yaşlılığı ne de ölümü getiririm aklıma... Her şey olacağına varır.

MÂŞA

Benim içimdeyse sanki çok, çok eskiden doğmuşum gibi bir duygu var... Hayatımı, bitmez tükenmez kuyruğu olan bir elbise gibi sürüklüyorum sırtımda... Çoğu kez de hiç yaşama isteği olmuyor içimde.

(*Oturur.*)

Tabii saçma bütün bunlar. Silkinip canlanmam gerek.

DORN

(*Usulca bir şarkı mırıldanır.*)

"Anlatın ona çiçeklerim..."

ARKADİNA

Sonra bir İngiliz gibi de titizimdir. Ya cancağızım, derler ya hani, kendimi bir an bile koyvermem. Saçım başım, giyim kuşamım her zaman *comme il faut*[*]'dur... Hiç değilse şu parka çıkarken üstüme bir bluz giyiversem, saç tuvaletimle de uğraşmasam kıyamet mi kopar? Yo, hiçbir zaman bu izni vermem kendime! İşte böyle genç kalışımı, pasaklı ve rüküş olmayışımı, bazıları gibi kendimi salıvermeyişime borçluyum...

(*Elleri kalçalarında dolanır.*)

Bakın, piliç gibiyim! On beş yaşında kız rolüne bile çıkarım!

DORN

Pekâlâ, ben devam edeyim.

(*Kitabı alır.*)

Tahılcı ile farelerde kalmıştık...

ARKADİNA

Evet farelerde... Okuyun.

(*Oturur.*)

Ya da verin ben okuyayım. Benim sıram.

(*Kitabı alır, kaldıkları yeri aranır bakışlarıyla.*)

Fareler... Fareler... Hah, burası.

(*Okur.*)

---

* (Fr.) Olması gerektiği gibi. (ç.n.)

"Ve hiç kuşku yok ki, sosyeteden insanlar için romancıları şımartmak ve onları kendi çevrelerine yaklaştırmak, tahılcının tahıl ambarında fare beslemesi kadar tehlikeli bir şeydir. Ama yine de sevilip aranır romancılar. Bu nedenle bir kadın, ele geçirmek amacıyla bir yazarı gözüne kestirdi mi, iltifatlarla, bin bir türlü güzel söz ve yaranmalarla kuşatır onu..." Hım, Fransızlarda böyledir belki, ama bizimle ilgisi yok. Bizde hesap kitap yoktur bu işte. Bizde kadın, yazarı elde etmeden önce zilzurna âşık olur ona, bilmez misiniz? Uzağa gitmeye ne hacet, Trigorin'le beni alın yeter...

(*Sorin bastonuna dayanarak, yanında Nina'yla gelir. Arkalarından da Medvedenko tekerlekli bir sandalyeyi iterek getirir.*)

SORİN

(*Çocuklarla konuşurkenki sevecen ses tonuyla.*)

Haa, demek öyle? Demek sevinçliyiz bugün? Keyfimiz yerinde demek?..

(*Kız kardeşine.*)

Bugün keyfimiz yerinde! Baba ile üvey anne üç günlüğüne Tver'e gittiler ve biz tam üç gün özgürüz!

NİNA

(*Arkadina'nın yanına oturur ve onu kucaklar.*)

Öyle mutluyum ki! Tümüyle size aidim şimdi!

SORİN

(*Tekerlekli sandalyesine oturarak.*)

Pek de güzel bugün.

ARKADİNA

Hem de şık, çekici... Tatlım benim, akıllım!

(*Nina'yı öper.*)

Aman çok övmeyelim, nazar değer. Boris Alekseyeviç nerde?

NİNA

Göl kıyısında balık avlıyor.

ARKADİNA

Nasıl da sıkılmaz bu işten!

(*Okumayı sürdürmeye hazırlanır.*)

NİNA

Ne okuyorsunuz?

ARKADİNA

Maupassant'ın *Su Üstünde*'si cancağızım.

(*Birkaç satırı içinden okur.*)

Eh, bundan ötesi ne ilginç ne de gerçek.

(*Kitabı kapar.*)

İçim rahat değil. Söylesenize nedir bu oğlumun hali? Canı sıkkın, yüzü gülmüyor. Göl kıyısında dolanıp duruyor, görüştüğümüz bile yok.

MÂŞA

Dertli.

(*Nina'ya, çekingen bir tavırla*)

Ne olur, oyunundan bir şeyler okusanıza...

NİNA

(*Omuz silkerek.*)

İstiyor musunuz gerçekten? Hiç ilginç bir yanı yok ki!

MÂŞA

(*Heyecanını gizlemeye çalışarak.*)

Kendisi okuduğunda gözleri alevleniyor, yüzü bembeyaz kesiliyor. Sesi öyle güzel, öyle kederli oluyor ki! Hareketleri tıpkı bir şairinki gibi.

(*Sorin'in horultusu duyulur.*)

DORN

İyi geceler!

ARKADİNA

Petruşa!

SORİN

Ha?

ARKADİNA

Uyuyor musun?

SORİN

Yooo!

(*Kısa bir sessizlik.*)

ARKADİNA

Tedavin için gerekeni yapmıyorsun, doğru bir şey değil bu ağabey.

SORİN

Ben istiyorum tedavi olmayı, ama doktor istemiyor.

DORN

Altmış yaşında tedavi!

SORİN

İnsan altmışında da yaşamak ister.

DORN

(*Bezgince.*)

Ya? Öyleyse valeryan damlası alın.

ARKADİNA

Bence kaplıcaya gitmeli.

DORN

Eh... Gidebilir... Gitmeyebilir de...

ARKADİNA

Gel de anla.

DORN

Anlamayacak bir şey yok. Çok açık.

(*Kısa bir sessizlik.*)

MEDVEDENKO

Pyotr Nikolayeviç'in sigarayı bırakması gerekir.

SORİN

Saçma.

DORN

Hayır saçma değil. İçki ve tütün kişiliğini yok ediyor insanın. Bir sigara ya da bir kadeh votkadan sonra artık Pyotr Nikolayeviç değilsiniz; Pyotr Nikolayeviç artı birileri dahasınız. Kendi "ben"iniz bulanıyor ve artık üçüncü bir kişi gibi algılamaya başlıyorsunuz kendinizi...

SORİN

(*Güler.*)

Sizin için yargılaması kolay. Keyifli bir ömür sürdünüz çünkü. Ya ben? Yirmi sekiz yıl Adalet Bakanlığı'nda çalıştım, ama dünya yüzü görmedim, hayatın tadını çıkaramadım. Böyle bir insanın yaşamak isteyişinde şaşacak bir şey olmasa gerek. Doymuşsunuz siz, dünya umrunuzda değil, bu yüzden felsefeye yatkınsınız, ama ben yaşamak istiyorum. İşte bu yüzden yemek sonrasında sert şaraplar içiyor, sigara tüttürüyorum filan. Hepsi bu...

DORN

Yaşamak ciddi bir şeydir, fakat altmışına gelip de tedavi olmaya kalkışmak, gençlikte hayatın tadını çıkaramadım diye yakınmak, bağışlayın ama hafifliktir.

MÂŞA

(*Kalkar.*)

Yemek vakti gelmiş olmalı...

(*Tembel tembel yürür.*)

Bacaklarım uyuşmuş...

(*Çıkar.*)

DORN

Yemek öncesinde iki tek atacak.

SORİN

Zavallı kız. Mutlu değil, ne yapsın.

DORN

Boş söz bunlar ekselans.

SORİN

Tok bir adam gibi yargıda bulunuyorsunuz.

ARKADİNA

Ah, şu köy hayatının sevimli can sıkıntısından daha sıkıcı ne olabilir? Sıcak, sessizlik, kimse parmağını kıpırdatmaz, boyuna felsefe yapar... Sizlerle olmak pek güzel bir şey dostlar, sözlerinizi dinlemek pek hoş, ama şimdi bir otel odasında rolümü ezberliyor olmak beni çok daha mutlu ederdi!

NİNA

(*Coşkuyla.*)

Ne kadar doğru! Sizi anlıyorum!

SORİN

Şehirde yaşamak elbette çok daha güzel. Çalışma odanda oturursun, uşak önceden bildirmeden kimseyi içeri almaz, masanda telefonun... sokakta arabalar emrine hazır filan...

DORN

(*Şarkı mırıldanır.*)

"Anlatın ona, çiçeklerim..."

(*Şamrayev, arkasından Polina Andreyevna girerler.*)

ŞAMRAYEV

Herkes de burda! Günaydın!

(*Arkadina'nın, sonra Nina'nın elini öper.*)

Sizi böyle iyi gördüğüme pek memnun oldum.

(*Arkadina'ya.*)

Bugün karımla şehre gitmeye niyetliymişsiniz hanımefendi, doğru mu bu?

ARKADİNA

Evet, öyle bir niyetim var.

ŞAMRAYEV

Hımm... Harika. Fakat ne ile gideceğinizi sorabilir miyim çok sayın hanımefendi? Çavdar kaldırılıyor bugün, işçilerin hepsi çalışıyor. Sonra hangi atlarla gideceğinizi sorabilir miyim müsaadenizle?

ARKADİNA

Hangi atlarla mı? Hangileriyle olacağını ben nerden bileyim!

SORİN

Arabanın atları var ya.

ŞAMRAYEV

(*Sinirlenir.*)

Arabanın atları mı? Fakat arabanın atlarına hamudu nerden bulayım? Hamudu nerden bulayım? Şaşılacak şey! Akıl almaz şey! Çok yüce hanımefendi! Bağışlayın, yeteneğinizin hayranıyım, size hayatımın on yılını vermeye hazırım, ama at veremem!

ARKADİNA

Fakat ya gitmem zorunluysa ne olacak? Tuhaf şey!

ŞAMRAYEV

Çok sayın hanımefendi! Sizin çiftlik yönetimi denilen şeyden haberiniz yok!

ARKADİNA

(*Parlar.*)

Hep aynı hikâye! Bugünden tezi yok, Moskova'ya dönüyorum ben de. Benim için köyden at kiralatın, yoksa istasyona yayan giderim!

ŞAMRAYEV

(*Parlar.*)

Ben de istifa ediyorum! Kendinize başka bir kâhya bulun!

(*Çıkar.*)

ARKADİNA

Her yaz aynı şey, her yaz hakarete uğruyorum burda! Bir daha ayağımı basmayacağım buraya!

(*Soldan, iskelenin bulunduğu varsayılan yönden çıkar, az sonra, elinde oltalar ve kova taşıyan Trigorin arkasında olmak üzere, eve girdiği görülür.*)

SORİN

(*Parlar.*)

Küstahlık bu! Bu kadarına dayanılamaz! Tahammül sınırını aştı artık vesselam. Şimdi ne kadar at varsa getirteceğim buraya!

NİNA

(*Polina Andreyevna'ya.*)

İrina Nikolayevna'nın, böyle ünlü bir aktrisin isteğini yerine getirmemek olacak iş mi? Onun tüm istekleri, hatta kaprisleri, her türlü çiftlik yönetiminin üstünde değil midir? İnanılır şey değil!

POLİNA ANDREYEVNA

(*Çaresizlik içinde.*)

Ne yapabilirim ki? Kendinizi benim yerime koyun. Benim elimden ne gelir?

SORİN

(*Nina'ya.*)

Gidip hepimiz yalvaralım kız kardeşime kalması için...

(*Şamrayev'in çıktığı yöne bakarak.*)

Çekilmez herif! Zorba!

NİNA

(*Sorin'in kalkmasına engel olarak.*)

Oturun, oturun... Biz sizi götürürüz...

(*Medvedenko'yla birlikte iskemleyi sürerler.*)

Of, ne korkunç bütün bunlar!..

SORİN

Evet, evet, korkunç... Fakat kâhyalıktan ayrılmaz, şimdi konuşurum onunla...

(*Çıkarlar. Dorn ve Polina Andreyevna sahnede kalır.*)

DORN

Can sıkıcı insanlar. Kocanı yakasından tutup atmak gerekir aslında. Fakat şöyle bağlanacak iş: Pyotr Nikolayeviç moruğuyla saygıdeğer kız kardeşi gidip özür dileyecekler ondan. Göreceksiniz!

POLİNA ANDREYEVNA

Arabanın atlarını da tarlaya gönderdi. Gün geçmiyor ki böyle bir tatsızlık çıkmasın. Bilseniz nasıl üzüyor beni bunlar! Hasta oluyorum... Nasıl titriyorum bakın... Kabalıklarına dayanamıyorum artık onun.

(*Yalvarır.*)

Yevgeni, canım benim, sevgilim, ne olur birlikte yaşayalım... Zamanımız geçiyor, genç değiliz artık, hiç değilse ömrümüzün son deminde gizlisiz saklısız, yalansız yaşayalım...

(*Kısa bir sessizlik.*)

DORN

Elli beş yaşındayım ben, yaşama tarzımı değiştirmem için çok geç.

POLİNA ANDREYEVNA

Beni neden reddettiğinizi biliyorum, yakınlık duyduğunuz başka kadınlar da var. Hepsiyle birlikte yaşayamazsınız tabii. Anlıyorum. Özür dilerim... Başınızı ağrıttım...

(*Evin yakınında çiçek toplayan Nina görünür.*)

DORN

Yoo, dert değil.

POLİNA ANDREYEVNA

Kıskançlık yiyip bitiriyor beni. Tabii doktorsunuz, kadınlardan kaçamazsınız. Anlıyorum...

DORN

(*Yaklaşan Nina'ya.*)

Orda ne var ne yok?

NİNA

İrina Nikolayevna ağlıyor. Pyotr Nikolayeviç'in de astım krizi tuttu.

DORN

(*Kalkar.*)

Gidip valeryan damlası vereyim ikisine de.

NİNA

(*Çiçekleri ona verir.*)

Buyrun!

DORN

Merci bien!

(*Eve doğru gider.*)

POLİNA ANDREYEVNA

(*Arkasından giderken.*)

Ne hoş çiçekler!

(*Evin yakınında, alçak sesle.*)

Verin şu çiçekleri bana!

(*Alır, paralar, fırlatıp atar. Birlikte eve girerler.*)

NİNA

(*Yalnız.*)

Ünlü bir aktrisin hem de böyle saçma bir nedenle gözyaşı döktüğünü görmek ne tuhaf! Yığınların hayran olduğu, her gün gazetelerde kendisinden söz edilen, fotoğrafları satılan, yapıtları yabancı dillere çevrilen bir yazarın da, bütün gününü olta başında tüketip iki tatlı su kefali yakaladığında sevinmesi de garip değil mi? Ben bu ünlü kişilerin gururlu, yanlarına varılmaz kişiler olduklarını, kalabalıkları hor gördüklerini sanırdım. Soy sop tanınmışlığını, zenginliği her şeyden çok önemseyen sıradan insanlardan, ünleri ve adlarının göz kamaştırıcılığıyla bir çeşit öç aldıklarını düşünürdüm. Oysa onlar da ağlıyorlar, balık tutuyorlar, kâğıt oynuyorlar, herkes gibi gülüyor, öfkeleniyorlar.

TREPLEV

(*Şapkasız, elinde bir tüfek ve ölü bir martıyla girer.*)

Yalnız mısınız?

NİNA

Evet, yalnızım.

(*Treplev, Nina'nın ayakları dibine bırakır martıyı.*)

NİNA

Bu da ne demek oluyor?

TREPLEV

Bugün bu martıyı öldürmek alçaklığında bulundum. Onu ayaklarınızın dibine bırakıyorum.

NİNA

Neyiniz var sizin?

(*Kaldırıp bakar martıya.*)

TREPLEV

(*Kısa bir sessizlikten sonra*)

Yakında kendimi de böyle öldüreceğim.

NİNA

Sizi tanıyamıyorum.

TREPLEV

Doğru, ama ben de sizi tanıyamamaya başladıktan sonra. Bana karşı değiştiniz, bakışlarınız yabancı, varlığım sıkıyor sizi.

NİNA

Son zamanlarda çok alıngan oldunuz. Söyledikleriniz de anlaşılmaz birtakım şeyler, simgeler. Bakın işte bu martı da bir simge olsa gerek, ama bağışlayın, anlamıyorum onu...

(*Martıyı kaldırıp bankın üzerine koyar.*)

Sizi anlayabilmek için fazla basitim.

TREPLEV

Oyunumun öyle aptalca başarısızlığa uğradığı akşam başladı bu. Kadınlar başarısızlığı bağışlamaz. Hepsini yaktım, hepsini, tek bir parça kalmamacasına. Ne kadar mutsuz olduğumu bilseniz! Bana karşı bu soğukluğunuz öyle korkunç, öyle akıl almaz bir şey ki! Bir gün kalkıp da bu gölün kuruduğunu ya da toprağın içine süzülüp gittiğini görüyormuşum gibi. Az önce beni anlayabilmek için fazla basit olduğunuzu söylediniz. Ah, bunda anlamayacak ne var? Oyunum beğenilmedi, sanatımdan nefret ediliyor, beni sürüsüne bereket, sıradan, değersiz biri olarak görüyorsunuz...

(*Ayağını yere vurarak.*)

Ne kadar iyi anlıyorum bunu, ne kadar iyi anlıyorum! Beynime bir burgu gibi işleyen bu düşünceye de, kanımı bir yılan gibi emen gururuma da lanet olsun...

(*Bir kitap okuyarak gelen Trigorin'i görür.*)

İşte gerçek yetenek geliyor: Yürüyüşü Hamlet gibi, elinde de kitapla!

(*Oynar.*)

"Sözcükler, sözcükler, sözcükler..." Güneş henüz ulaşmadı size ama, gülümsüyorsunuz şimdiden, bakışlarınız onun ışınlarında erimeye başladı bile... Size engel olmayayım.

(*Hızla çıkar.*)

TRİGORİN

(*Kitaba notlar alır.*)

Enfiye çeker, votka içer, hep karalar giyer, bir öğretmen onu seviyor...

NİNA

Günaydın Boris Alekseyeviç!

TRİGORİN

Günaydın. İşler birdenbire öyle karıştı ki, sanırım gidiyoruz bugün. Sizinle bir daha görüşebileceğimizi hiç sanmam. Çok yazık. Genç ve ilginç kızlar çok sık çıkmıyor karşıma. İnsan on sekiz, on dokuz yaşlarında nasıl hisseder kendini unutmuşum. Zihnimde canlandıramıyorum. Bu yüzden de hikâyelerimde ve romanlarımda genç kız tipleri genellikle yapaydır. Aklınızdan geçenleri, nasıl bir insan olduğunuzu öğrenebilmek için, bir saatliğine olsun yerinizde olmak isterdim.

NİNA

Ben de sizin yerinizde olmak isterdim.

TRİGORİN

O da neden?

NİNA

Ünlü, yetenekli bir yazarın kendini nasıl hissettiğini öğrenmek için. Nasıl bir şey şöhret? İnsan nasıl hissediyor onu?

TRİGORİN

Nasıl mı? Bilmem. Bunu hiç düşünmedim.

(*Bir an düşünür.*)

Şu ikisinden biri olmalı: Ya siz ünümü büyütüyorsunuz gözünüzde ya da şöhret diye bir şey yok.

NİNA

Kendinizle ilgili yazıları okuduğunuzda da bir şey hissetmiyor musunuz?

TRİGORİN

Överlerse hoşuma gider, yererlerse birkaç gün canım sıkılır.

NİNA

Ne kadar olağanüstü bir dünyanız var! Bilseniz nasıl gıpta ediyorum size! İnsanların yazgıları çok farklı birbirinden. Kimileri güçlükle sürüklerler can sıkıcı, silik varlıklarını. Hepsi birbirine benzer bu zavallıların. Mutsuzdurlar. Kimilerine ise, sizin gibilere örneğin, ki milyonda birdir bunlar, nasıl da ilginç, aydınlık, anlam dolu bir yaşam düşmüş... Mutlusunuz siz...

TRİGORİN

Ben mi?

(*Omuz silker.*)

Hımm... Bakın, ünden, mutluluktan, aydınlık bir yaşamdan filan söz ediyorsunuz ya, benim için bütün bu güzel sözler, bağışlayın ama ağzıma sürmediğim bir marmelattan farksızdır. Siz çok genç ve çok iyisiniz.

NİNA

Hayatınız çok güzel sizin.

TRİGORİN

Fakat nedir güzel olan benim hayatımda?

(*Saatine bakar.*)

Gidip yazmam gerek şimdi. Özür dilerim zamanım yok...

(*Güler.*)

Derler ya hani, tam can alıcı noktama dokundunuz... Heyecanlanmaya, biraz da kızmaya başladım. Fakat konuşalım hadi... O çok güzel, aydınlık bulduğunuz hayatımdan söz edelim... Fakat bilmem ki nerden başlamalı?

(*Biraz düşünür.*)

Bakın insanın gece gündüz aklından çıkmayan birtakım saplantıları vardır. Sözgelimi aya takmıştır kafasını. İşte benim de kendime göre böyle bir ay var kafamda. Bir düşünce yakamı bırakmaz hiç: Yazmam gerek, yazmam gerek, yazmam gerek diye tekrarlayıp dururum. Bir hikâye ya da romanı mı bitirdim, nedense hemen bir başkasını, sonra bir üçüncüsünü, onun ardından da bir dördüncüsünü yazmak zorundayımdır... Konaklama yerlerinde dinlenmeden at değiştiren bir yolcu gibi durmaksızın yazarım, başka türlü davranmak da elimde değildir. Bunda güzel ya da aydınlık olan ne var, sorarım size? Of, ne saçma bir hayat bu! Alın işte, sizinle birlikte olmaktan haz duyuyorum şu anda, ama bitmemiş bir hikâye ya da romanın beni beklediği düşüncesi de bir an bile çıkmıyor aklımdan. Gökyüzüne bakıp da kuyruklu piyanoya benzeyen şu bulutun süzülüp gittiğini mi gördüm; hemen, bir hikâyemin bir yerine gökyüzünden kuyruklu piyanoya benzeyen bir bulutun süzülüp gittiğini koymalıyım diye düşünürüm. Vanilya çiçeği kokuyor değil mi? Hemen mim koyarım: "Ağdalı bir koku, çiçeği dul kadın giysisi renginde, bir yaz akşamı tasvirinde kullanılacak..." Sizin ağzınızdan ve kendi ağzımdan çıkan her sözcüğü kaptığım gibi, edebiyat dağarıma tıkıştırırım, bakarsın işe yarar! Bir çalışmayı bitirdiğimde dinlenebilmek, havasından çıkmak için tiyatroya ya da balık tutmaya koşarım. Ama hayır! Demir gülleye benzeyen bir şey kafamın içinde yuvarlanmaya başlamıştır bile. Yeni bir konu masaya sürükler beni ve dinlenme fırsatı bulamadan bir kez daha yazmaya koyulurum. Bu böylece sürüp gider... Kendimden rahat yoktur bana. Tanımadığım birilerine bal vermek için kendi hayatımı yok ettiğimi, en güzel çiçeklerimin tozunu yağmaladığımı, çiçeklerin kendilerini de koparıp köklerini ayaklarımın altında ezdiğimi hissederim. Şimdi kaçık değil de ne derler bana? Yakınları, tanıdıkları, aklı yerinde bir insana davranır gibi davranırlar mı böyle birine? "Şu ara ne var tezgâhta? Bize ne armağan edeceksiniz acaba?" Hep aynı sorular, aynı tavırlar... ve bana öyle geliyor ki artık yakınlarımın ilgileri, övgüleri, hayranlıkları, tüm bunlar, aldatmacadan başka bir şey değil. Bir hastayı aldatır gibi aldatıyorlar beni. Hani bazen korkuyorum, Gogol'ün Poprişçin'i gibi, bir gün arkamdan usulca yaklaşıp, yakaladıkları gibi tımarhaneye kapatacaklar diye... En güzel yıllarım olan gençliğimde, yazarlığa başladığım o yıllarda da yazmak sürekli bir ıstıraptı benim için. Küçük yazar, hele şansı da yardım etmiyorsa, bir fazlalık gibi hisseder kendini. Beceriksiz, sakar, diken üstünde gibi tedirgindir. Karşı konulmaz bir güç, edebiyat ve sanat çevrelerine çeker onu. İnsanların gözlerine doğrudan doğruya ve cesurca bakmaya korkarak, silik ve ürkek, dolanıp durur oralarda. Parasız bir kumar düşkününün korka korka kumar masalarına sokulması gibi. Okurlarımı tanımazdım, ama onları nedense hep dost olmayan, kuşkucu birileri olarak canlandırırdım gözümde. Topluluktan korkardım, ürkütürdü beni ve ne zaman yeni bir oyunum sahnelenecek olsa, bana esmer seyirciler düşmanca bir tavır alıyor, sarışınlarsa umursamıyorlarmış gibi gelirdi hep. Of, ne korkunçtu bütün bunlar! Ne ıstırap vericiydi!

NİNA

Bağışlayın ama böyle de olsa, esinlenme ve yaratma anlarının size mutluluk verdiği olmuyor mu hiç?

TRİGORİN

Evet, yazarken zevk duyuyorum. Düzeltileri okumak da hoş. Fakat yazdığım şey basılıp çıktı mı dayanılmaz bir sıkıntı oluyor benim için. Her şeyin baştan başa yapmacık ve yanlış olduğunu görüyorum. Bütün bunları keşke hiç yazmamış olsaydım diye düşünüyorum ve içimi karalar basıyor.

(*Güler.*)

İnsanlar okuyor sonra: "Hiç de fena değil, hoş, ilginç... Hoş ama Tolstoy nerde, bu nerde..." Ya da "Pek hoş, ama Turgenyev'in *Babalar ve Oğullar*'ı daha güzeldi." Yani son nefesime kadar her şey hoş ve ilginç olacak, daha fazlası değil. Ölümümden sonra da tanıdıklar mezarımın yakınından geçerlerken "Burda Trigorin yatıyor," diyecekler, "iyi bir yazardı, ama Turgenyev kadar değil."

NİNA

Bağışlayın, söylediklerinizi anlamaya çalışmayacağım artık. Sizinki başarı şımarıklığı, başka bir şey değil.

TRİGORİN

Hangi başarıdan söz ediyorsunuz? Kendimi hiçbir zaman sevmedim. Bir yazar olarak hoşlanmam kendimden. Daha da kötüsü kafam puslu gibi hep, çoğu kez ne yazdığımın farkında bile değilim... Bakın şu gölü, ağaçları, gökyüzünü, doğayı seviyorum, hissediyorum, içimde bir tutku, karşı konulmaz bir yazma isteği uyandırıyorlar. Fakat sadece bir doğa betimcisi değilim ki ben, ülkemin yurttaşıyım aynı zamanda. Yurdumu ve onun insanlarını seviyorum. Yazdıklarımda halktan, onun çektiği acılardan, geleceğinden, bilimden, insan haklarından ve daha bunlar gibi birçok şeyden söz etmekle yükümlü olduğumu hissediyorum. İşte böylece çalakalem her şeyden söz ediyorum, dört bir yandan sıkıştırıyorlar beni, kızıp öfkeleniyorlar ve ben köpeklerin kovaladığı küçük bir tilki gibi ordan oraya atıyorum kendimi... Hayat ve bilim ileriye doğru gitmekteyken, hep geri, geri kaldığımı hissediyorum, tıpkı istasyona geldiğinde az önce kalkmış olan trene yetişmesinin olanaksız olduğunu gören bir köylü gibi... Eninde sonunda, bir doğa betimcisinden başka bir şey olmadığımı, geri kalan konularda iliklerime kadar sahte olduğumu hissediyorum...

NİNA

Çalışmaktan öyle bitkin düşmüşsünüz ki, kendi değerinizi kavramaya ne zamanınız ne de isteğiniz var. Kendinizden hoşnut olmayabilirsiniz, fakat başkaları için büyük ve harikasınız! Sizin gibi bir yazar olsam tüm yaşamımı sıradan insanlara adar, fakat aynı zamanda da mutluluklarının ancak benim düzeyime yükselmekte olduğunu bilirdim ve beni bir zafer arabasında taşırlardı...

TRİGORİN

Zafer arabası ha? Agamemnon falan mıyım ben?

(*Birlikte gülerler.*)

NİNA

Böyle bir mutluluk için, bir yazar ya da aktris olmanın mutluluğu uğruna ailemin sevgisizliğine dayanır, yoksulluğa, düş kırıklıklarına göğüs gerer, tavan arasında oturur, yavan ekmekle yetinirdim. Kendi kendime yetmezliğin acılarını da memnuniyetle yaşar, ama buna karşılık ün isterdim, gerçek göz alıcı bir ün...

(*Elleriyle yüzünü kapar.*)

Başım dönüyor... Of...

ARKADİNA'NIN SESİ

(*Evden.*)

Boris Alekseyeviç!..

TRİGORİN

Beni çağırıyorlar... Eşyalar toplanıyor olmalı. Canım hiç gitmek istemiyor...

(*Göle bakarak.*)

Şu güzelliğe bakın, cennet gibi!.. Ne harika!..

NİNA

Karşı kıyıdaki bahçeyle evi görüyor musunuz?

TRİGORİN

Evet.

NİNA

Annemin çiftliğidir. Orda doğdum. Tüm yaşamım bu gölün çevresinde geçti, her bir adasını bilirim.

TRİGORİN

Çok güzel bir yer gerçekten!

(*Martıyı görür.*)

Bu da nesi?

NİNA

Bir martı. Konstantin Gavriliç vurmuş.

TRİGORİN

Güzel bir kuş. Doğrusu hiç gitmek istemiyor canım. İrina Nikolayevna'yı razı edin de kalsın.

(*Defterine bir şeyler yazar.*)

NİNA

Ne yazıyorsunuz?

TRİGORİN

Not alıyorum... Bir konu geldi de aklıma...

(*Defteri cebine koyar.*)

Küçük bir hikâye konusu. Çocukluğundan beri göl kıyısında yaşayan bir genç kız var, sizin gibi biri; tıpkı bir martı gibi seviyor bu gölü ve bir martı gibi de mutlu ve özgür. Günün birinde bir adam geliyor oraya, kızı görüyor ve yapacak başka bir işi olmadığından yazık ediyor kıza, tıpkı bu martı gibi...

(*Kısa bir sessizlik. Pencerede Arkadina görünür.*)

ARKADİNA

Boris Alekseyeviç, nerdesiniz?

TRİGORİN

Geliyorum!

(*Giderken dönüp Nina'ya bakar. Penceredeki Arkadina'ya.*)

Ne var?

ARKADİNA

Kalıyoruz.

(*Trigorin eve girer.*)

NİNA

(*Ramp ışığına yaklaşır, bir an düşündükten sonra.*)

Bir düş bu!

III. Perde

(Sorin'lerin yemek odası. Sağda ve solda kapılar. Bir büfe. İlaç dolabı. Odanın ortasında bir masa. Yolculuk hazırlığını gösteren bir bavul ve karton şapka kutuları. Trigorin masada kahvaltı ederken Mâşa onun yanında ayakta durmaktadır.)

MÂŞA

Yazar olduğunuz için söylüyorum bunları size. İşinize yarayabilir. İnanın, kendini ölümcül biçimde yaralasaydı, ben de bir an bile yaşamazdım. Ama metanetim yerinde yine de. İşte silkindim ve kararımı verdim: Bu aşkı söküp atacağım yüreğimden, kökünden sökeceğim.

TRİGORİN

Nasıl?

MÂŞA

Evleneceğim. Medvedenko'yla.

TRİGORİN

Şu öğretmenle mi?

MÂŞA

Evet.

TRİGORİN

Anlamıyorum, ne anlamı var bunun?

MÂŞA

Umutsuzca sevmenin, yıllardır bir şeyler bekleyip durmanın anlamı var mı? Evlenince aşk maşk kalmayacak, yeni kaygılar eski duyguları silip süpürecektir... Sonra, bir değişikliktir ne de olsa. Bir tek daha atalım mı?

TRİGORİN

Çok olmaz mı?

MÂŞA

Yok canım!

(*Kadehleri doldurur.*)

Öyle bakmayın bana. Sandığınızdan daha sık içer kadınlar. Benim gibi herkesin gözü önünde içenler azınlıktadır, çoğu gizli içer. Ya. Daima votka ya da konyaktır içtikleri.

(*Kadehini Trigorin'inkiyle tokuşturur.*)

Şerefinize! Sade, içten bir adamsınız. Ayrılacak olmamız yazık.

(*İçerler.*)

TRİGORİN

Ben de gitmek istemiyorum.

MÂŞA

Rica edin kalsın.

TRİGORİN

Yok, kalmaz artık. Oğlu son derece dengesiz davranıyor. Bir bakmışsın kendini vurmuş, şimdi de beni düelloya çağıracağı söyleniyor. Niçin bütün bunlar? Somurtuyor, homurdanıyor, yeni biçimler vaaz edip duruyor... Oysa herkese yer var. Ne diye itişip kakışmalı ki?

MÂŞA

Kıskançlık da var işin içinde. Neyse, beni ilgilendirmez.

(*Kısa bir sessizlik. Yakov elinde bavulla soldan sağa doğru gider. Nina girer, pencerenin önünde durur.*)

MÂŞA

Benim öğretmen akıllı biri değil pek, ama dürüst bir insan ve yoksul! Acıyorum ona. Zavallı, yaşlı annesine de acıyorum. Eh, kalın sağlıcakla. Kötülükle anmayın beni.

(*Trigorin'in elini içtenlikle sıkar.*)

Gösterdiğiniz yakınlığa teşekkür ederim. Bana kitaplarınızı gönderin, ama mutlaka imzalı olarak. Ama sakın "saygıdeğer" filan diye yazmayın, şöyle deyin yeter: "Kimin nesi olduğunu bilmeyen, bu dünyada ne için yaşadığı belirsiz Marya'ya..." Elveda!

(*Çıkar.*)

NİNA

(*Yumruk biçiminde sıktığı elini Trigorin'e doğru uzatarak.*)

Tek mi çift mi?

TRİGORİN

Çift.

NİNA

(*İçini çeker.*)

Hayır. Tek bir nohut tanesi var elimde. Aktris olacak mıyım, olmayacak mıyım diye niyet tutmuştum. Hiç değilse bir akıl veren olsa...

TRİGORİN

Böyle işlerde akıl verilemez.

NİNA

Ayrılıyoruz artık... ve... belki görüşemeyeceğiz bir daha. Şu küçük madalyonu benden bir anı olarak kabul etmenizi diliyorum. Adınızın baş harflerini kazıttım üzerine... Şu yanda da kitabınızın adı yazılı: *Gündüzler ve Geceler...*

TRİGORİN

Ne zarif şey!

(*Madalyonu öper.*)

Olağanüstü güzellikte bir armağan!

NİNA

Arada bir beni anımsayın.

TRİGORİN

Anımsayacağım. O günlük güneşlik günde olduğunuz gibi anımsayacağım sizi. Bir hafta önce, açık renkli bir giysi vardı üstünüzde hani, konuşmuştuk... Beyaz bir martı yatıyordu bankın üzerinde de...

NİNA

(*Düşünceli.*)

Evet, martı...

(*Kısa bir sessizlik olur.*)

Artık daha fazla konuşamayız, gelenler var... Ayrılmadan önce iki dakika ayırın bana yalvarırım...

(*Soldan çıkar. Aynı anda sağdan Arkadina, frak giymiş ve nişanlarını takmış olarak Sorin, arkalarından da eşya toplama telaşı içinde Yakov girer.*)

ARKADİNA

(*Sorin'e.*)

Evde otursana ihtiyarcık. Romatizmalı bacaklarınla gezmelere gitmek senin neye?

(*Trigorin'e.*)

Kimdi az önce burdan çıkan? Nina mıydı?

TRİGORİN

Evet.

ARKADİNA

Pardon, engel olduk...

(*Oturur.*)

Sanırım her şey toplandı. Yorgunluktan bittim.

TRİGORİN

(*Madalyonun üstündeki yazıyı okur.*)

Gündüzler ve Geceler, sayfa 121, 11 ve 12. satırlar...

YAKOV

(*Masayı toplarken.*)

Oltaları da koyayım mı efendim?

TRİGORİN

Evet, daha lazım olacaklar. Ama kitapları birilerine verirsin.

YAKOV

Emredersiniz.

TRİGORİN

(*Kendi kendine.*)

Sayfa 121, 11 ve 12. satırlar. Ne var acaba bu satırlarda?

(*Arkadina'ya.*)

Burda benim kitaplarımdan var mı?

ARKADİNA

Evet, ağabeyimin çalışma odasında, köşedeki dolapta.

TRİGORİN

Sayfa 121...

(*Çıkar.*)

ARKADİNA

Petruşa cidden evde kal...

SORİN

Siz gittikten sonra burda yaşayamam.

ARKADİNA

Kentte ne var peki?

SORİN

Özel bir şey yok, ama yine de...

(*Güler.*)

Belediye konağının temel atma töreni var falan filan... Birkaç saatliğine de olsa şu durgun hayattan kurtulmak istiyor insan, zifir bağlamış hurda bir ağızlık gibi bir köşede yatıp durmaktan usandım... Atları saat birde getirmelerini emrettim, böylece yola aynı zamanda çıkacağız.

ARKADİNA

(*Kısa bir sessizlikten sonra.*)

Burda kal sen, sıkıntıya kaptırma kendini, üşütme. Oğluma göz kulak ol. Gözün onun üzerinden eksik olmasın. Doğru yolu göster ona.

(*Kısa bir sessizlikten sonra.*)

Gidiyorum işte. Konstantin'in kendini neden vurduğunu öğrenemeden. Bence başlıca neden kıskançlık. Bu yüzden de Trigorin'le birlikte burdan ne kadar çabuk gidersem o kadar iyi.

SORİN

Nasıl söylemeli bilmem ki? Başka nedenler de var. Anlaşılmayacak bir şey de değil: Aklı başında genç bir adam burda, bu ıssız köy hayatını yaşıyor. Ne parası, ne toplumda bir yeri, ne de geleceği var. Belli bir işi yok. Başıboşluğundan utanıyor ve korkuyor. Çok severim onu, o da bana bağlıdır. Ama ne de olsa yerinin burası olmadığını biliyor, başkalarının merhametiyle yaşayan bir besleme, bir asalak gibi hissediyor kendini. Şaşacak bir şey yok bunda, gururlu bir insan.

ARKADİNA

Beni çok tasalandırıyor...

(*Düşünceli.*)

Bir işe mi girmeli acaba?

SORİN

(*Islıkla bir ezgi çalar, sonra kararsızca.*)

Bence... Ona biraz para vermen yapılacak en iyi şey olurdu. Bir kere doğru dürüst giyinmesi gerek vesselam... Baksana üç yıldır aynı ceketi taşıyor sırtında, paltosu da yok...

(*Güler.*)

Sonra biraz gezip tozması da fena olmazdı delikanlının... Yurtdışına gitmesi filan... Çok para tutmaz bu.

ARKADİNA

Tutmaz olur mu... Kostüm için bir şeyler yapabilirim belki, fakat yurtdışı olmaz... Yok, şu sıra kostüm de olmaz.

(*Kararlı.*)

Param yok!

(*Sorin güler.*)

Yok işte!

SORİN

(*Islıkla bir ezgi çalar.*)

Peki peki. Kusura bakma canım, gücenme... İnanıyorum sana... Gönlü yüce, soylu bir kadınsın sen.

ARKADİNA

(*Yaşlı gözlerle.*)

Param yok!

SORİN

Bende olsa, söylemeye ne gerek, ben verirdim. Ama tek meteliğim yok.

(*Güler.*)

Kâhya emekli maaşımı olduğu gibi alıp tarım işlerine, hayvancılığa, arıcılığa harcıyor, paralarım çarçur oluyor. İnekler geberiyor, arılar telef oluyor, atlara gelince, bana kimsenin at verdiği yok zaten...

ARKADİNA

Tamam biraz param var, ama bir aktrisim ben. Sadece tuvalet parası yıktı beni zaten.

SORİN

Tatlı, iyi yürekli bir kadınsın sen... Saygım var sana... Evet... Bana bir şeyler oluyor yine...

(*Sendeler.*)

Başım dönüyor.

(*Masaya tutunur.*)

Kötüyüm vesselam...

ARKADİNA

(*Korkar.*)

Petruşa!

(*Tutmaya çalışarak.*)

Petruşa, ağabeyciğim!

(*Bağırır.*)

Yardım edin! Yardım edin bana!

(*Başı sargılı Treplev ve Medvedenko girerler.*)

ARKADİNA

Fenalaştı birden!

SORİN

Önemli değil, önemli değil...

(*Gülümser ve su içer.*)

Geçti zaten... bir şey yok...

TREPLEV

(*Annesine.*)

Korkma anne, tehlikeli bir şey değil. Bugünlerde sık sık böyle oluyor dayım.

(*Dayısına.*)

Dayı yatmalısın.

SORİN

Evet, biraz... Fakat ne olursa olsun gideceğim kente... Biraz yatıp gideceğim... Kesinlikle...

(*Bastonuna dayanarak yürür.*)

MEDVEDENKO

(*Kolundan tutup yürümesine yardım ederek.*)

Size bir bilmece: Sabahleyin dört, öğleyin iki, akşamleyin üç ayak üstünde olan nedir?

SORİN

(*Güler.*)

Evet. Geceleyin de sırtüstü. Teşekkür ederim, kendim yürüyebilirim.

MEDVEDENKO

Hadi, hadi, nezakete gerek yok.

(*Sorin'le birlikte çıkarlar.*)

ARKADİNA

Çok korkuttu beni.

TREPLEV

Köyde yaşamak ona yaramıyor. Sürekli gerilim içinde. Anne, cömertliğin tutsa da ona birkaç bin ruble ödünç versen ne olur? Bütün bir yılı kentte geçirebilirdi böylece.

ARKADİNA

Param yok benim, aktrisim ben, banker değil...

(*Kısa bir sessizlik olur.*)

TREPLEV

Anne sargımı değiştirir misin? Bu işi çok iyi yaparsın.

ARKADİNA

(*İlaç dolabından tentürdiyot ve içinde sargı gereçleri bulunan bir kutu çıkarır.*)

Doktor da gecikti.

TREPLEV

Onda geleceğini söylemişti, öğle oldu.

ARKADİNA

Otur.

(*Oğlunun başındaki sargıyı çözer.*)

Sanki sarık. Dün mutfakta bir yolcu senin hangi milletten olduğunu soruyordu. Fakat yaran iyileşmiş hemen hemen. Kuruması gereken küçük bir yer kalmış sadece.

(*Oğlunun başını öper.*)

Ben yokken silahla oynamayacaksın bir daha değil mi?

TREPLEV

Yok anne. Kendimi denetleyemediğim çılgınca bir umutsuzluk anıydı o. Bir daha olmayacak.

(*Annesinin ellerini öper.*)

Ellerin büyülüdür senin. Hiç unutmam, devlet tiyatrosunda çalıştığın sırada ben küçük bir çocuktum, bizim avluda bir kavga çıkmıştı da, kiracılardan bir çamaşırcı kadını fena halde hırpalamışlardı. Anımsadın mı? Kadını kaldırıp götürdüklerinde baygındı... İyileşinceye kadar ziyaretine gitmiştin onun, ilaç götürmüştün, çocuklarını çamaşır teknesinde yıkamıştın. Yoksa anımsamıyor musun?

ARKADİNA

Hayır!

(*Yeni bir sargı sarar oğlunun başına.*)

TREPLEV

Oturduğumuz binada iki de balerin vardı... Sana kahve içmeye gelirlerdi...

ARKADİNA

Bunu anımsıyorum.

TREPLEV

Çok dindardılar.

(*Kısa bir sessizlik olur.*)

Son zamanlarda, şu son günlerde, tıpkı çocukluğumdaki gibi seviyorum seni, öyle içten, bütün kalbimle... Senden başka kimsem kalmadı artık. Fakat neden, neden bu adamın etkisinden kurtulamıyorsun?

ARKADİNA

Onu anlayamıyorsun Konstantin... Çok soylu bir insandır o...

TREPLEV

Öyleyse kendisini düelloya çağıracağımı öğrendiğinde, soyluluğu bir korkak gibi davranmasına neden engel olmadı? Gidiyor. Yüz kızartıcı bir kaçış bu.

ARKADİNA

Ne saçma! Ona burdan gitmesini rica eden benim.

TREPLEV

Çok soylu bir insanmış gerçekten de! Biz burda onun yüzünden nerdeyse kavga ederken, o bir yerlerde, parkta ya da salonda bize gülüyordur şimdi... Nina'yı çözümlüyor, dâhi bir yazar olduğu konusunda onu kuşkuya yer kalmayacak biçimde ikna etmeye çalışıyordur...

ARKADİNA

Bana bu çirkin şeyleri söylemekten özel bir zevk duyuyorsun. Sözünü ettiğin kişiye saygım var ve rica ederim, benim yanımda onun için kötü şeyler söyleme.

TREPLEV

Ama benim saygım yok. Senin istediğin, benim de onu bir dâhi olarak görmem. Fakat bağışla, yalan söylemeyi beceremem ben, yazdıklarından bana usanç geldi artık.

ARKADİNA

Basit bir kıskançlık olayı bu. Yeteneği olmayıp da hevesi olanların, gerçek yeteneklere çamur atmaktan başka yapacakları bir şey yoktur çünkü. Ne denir, bu da bir çeşit avuntu işte!

TREPLEV

(*Alaycı.*)

Gerçek yetenekler!

(*Öfkeyle.*)

Sizin topunuzdan çok daha yetenekliyim ben, madem öyle!

(*Başındaki sargıyı çekip çıkarır.*)

Siz tutucular, sanat alanında su başlarını tutmuşsunuz bir kere, kendi dışınızdakilere yaşama hakkı tanımıyorsunuz. Sadece kendi yaptıklarınızı kurala uygun ve gerçek sayıyorsunuz! Sanatçı saymıyorum sizi! Ne seni ne de onu!

ARKADİNA

Dekadan!

TREPLEV

Sen sevgili tiyatrona git de, o acınası, beş para etmez oyunlarında oyna!

ARKADİNA

Öyle oyunlarda hiçbir zaman oynamadım ben! Bana dil uzatma! Uyduruk bir operet bile yazacak yeteneğin yok senin. Seni Kievli küçük burjuva! Asalak!

TREPLEV

Cimri!

ARKADİNA

Kılıksız!

(*Treplev oturur ve sessizce ağlar.*)

ARKADİNA

Beş para etmezsin!

(*Üzüntü ve öfkeyle gezinir.*)

Ağlama... Ağlama diyorum...

(*Kendisi de ağlar.*)

Ağlama diyorum sana...

(*Oğlunu kucaklar, yüzünü, saçlarını öper.*)

Sevgili yavrum benim, bağışla günahkâr anneni. Bağışla bu bahtsız kadını.

TREPLEV

(*Annesini kucaklayarak.*)

Ah, bilseydin! Her şeyimi yitirdim! Beni sevmiyor, yazamaz oldum artık, tüm umutlarım yok oldu...

ARKADİNA

Umutsuzluğa kapılma... Her şey düzelecek... O gidince Nina seni sevecektir yine...

(*Oğlunun gözyaşlarını kurular.*)

Yeter. Barıştık artık değil mi?

TREPLEV

(*Annesinin ellerini öper*)

Evet anne.

ARKADİNA

(*Sevecen*)

Onunla da barış. Vazgeç düellodan... Olmaz mı?

TREPLEV

Peki... Ama izin ver, görmeyeyim onu. Bana ağır geliyor bu. Gücümün üstünde bir şey...

(*Trigorin girer.*)

İşte... Gidiyorum ben...

(*İlaçları çabucak dolaba koyar.*)

Sargıyı doktor sarar artık...

TRİGORİN

(*Kitapta aranarak.*)

121. sayfa... 11 ve 12. satırlar... Tamam...

(*Okur.*)

"Eğer bir gün hayatım sana gerekecek olursa gel ve al onu..."

(*Treplev sargıyı yerden alıp çıkar.*)

ARKADİNA

(*Saate bakarak.*)

Atlar az sonra koşulmuş olacak.

TRİGORİN

(*Kendi kendine.*)

Eğer bir gün hayatım sana gerekecek olursa gel ve al onu.

ARKADİNA

Umarım her şeyin toparlanmıştır artık?

TRİGORİN

(*Sabırsızlıkla.*)

Evet... Evet...

(*Düşünceli.*)

Temiz bir yürekten kopan bir çağrıda neden bir keder tınısı duydum, neden acıyla burkuldu yüreğim?.. Eğer bir gün hayatım sana gerekecek olursa gel ve al onu.

(*Arkadina'ya.*)

Bir gün daha kalalım!

(*Arkadina "olmaz" anlamında sallar başını.*)

TRİGORİN

Kalalım ne olur!

ARKADİNA

Seni burda tutan şeyin ne olduğunu biliyorum canım. Ama kendine hâkim ol. Başın döndü biraz, ayıl.

TRİGORİN

Sen de ayıl, mantıklı, akıllı ol. Çevrende olanlara gerçek bir dost gibi bak ne olur!

(*Arkadina'nın elini tutup sıkarak.*)

Fedakâr bir insansın sen... Arkadaş olalım... Vazgeç benden...

ARKADİNA

(*Şiddetli bir heyecan içinde.*)

Böylesine kapıldın demek?

TRİGORİN

Beni ona doğru çeken bir şey var! Bu belki de bana gereken şeyin ta kendisi.

ARKADİNA

Taşralı bir genç kızın aşkı, öyle mi? Oh, öylesine az tanıyorsun ki kendini!

TRİGORİN

İnsanlar ayakta uyur bazen. Şimdi seninle konuşuyorum ya, aslında uykudayım sanki ve düşümde onu görüyorum... Tatlı, olağanüstü düşler kapladı beni... Bırak gideyim ne olur...

ARKADİNA

(*Titreyerek.*)

Hayır, hayır... Nihayet herhangi bir kadınım ben de, böyle konuşamazsın benimle... Üzme beni Boris... Korkunç bütün bunlar...

TRİGORİN

İstesen olağanüstü olabilirsin. Dünyada mutluluk verebilecek tek şey taze, şiir dolu, insanı hayaller dünyasına çeken bir aşk olabilir ancak! Ben böyle bir aşk yaşamadım daha! Gençliğimde, editör kapılarının eşiğini aşındırmaktan, yoksullukla boğuşmaktan vaktim olmadı... Sonunda gelip buldu beni o aşk, el ediyor, çağırıyor... Niye kaçayım ondan?

ARKADİNA

(*Öfkeyle.*)

Sen aklını kaçırmışsın!

TRİGORİN

Varsın öyle olsun!

ARKADİNA

Hepiniz bana acı çektirmek için söz birliği etmişsiniz bugün!

(*Ağlar.*)

TRİGORİN

(*Başını ellerinin arasına alır.*)

Anlamıyor! Anlamak istemiyor!

ARKADİNA

Öylesine yaşlı ve çirkin miyim ki, başka kadınlar hakkında utanıp sıkılmadan konuşuluyor benimle?

(*Trigorin'i kucaklayıp öper.*)

Oh, sen çılgına dönmüşsün! Güzelim benim, olağanüstü sevgilim! Sen benim hayatımın son sayfasısın!

(*Önünde diz çöker.*)

Sevincim benim, gururum, mutluluğum!

(*Dizlerine kapanır.*)

Beni bir saatliğine bile bırakacak olsan yaşayamam, aklımı kaçırırım, olağanüstü erkeğim benim, kulu kölesi olduğum efendim...

TRİGORİN

Bir gelen olur...

(*Kalkmasına yardım eder.*)

ARKADİNA

Gelsinler, sana olan aşkımdan utanç duymuyorum ki.

(*Ellerini öper.*)

Hayatımın zenginliği, delibozuğum benim; bir çılgınlık yapmak istiyorsun sen, ama ben istemiyorum, bırakmayacağım seni...

(*Güler.*)

Benimsin sen... Benim... Bu alın, bu gözler, bu güzelim ipek saçlar benim... Tümüyle bana aitsin sen... Öyle akıllı, öyle yeteneklisin ki... Bugünün yazarlarının hepsinden üstünsün, sen Rusya'nın biricik ümidisin... Sende öylesine bir içtenlik, yalınlık, tazelik, öyle sağlıklı bir humor var ki... Bir insanı, bir doğa parçasını en belirgin çizgileriyle bir çırpıda yaratabiliyorsun sen. İnsanların yaşıyor senin! Oh, seni heyecana kapılmadan okumanın olanağı var mı! Dalkavukluk yaptığımı, yalan söylediğimi mi sanıyorsun? Şu gözlerime bak... bak... Bir yalancının gözleri olabilir mi bunlar? Görüyorsun işte, senin gerçek değerini ben biçebilirim ancak, sana doğruyu söyleyen tek kişiyim ben, sevgilim benim, biricik erkeğim... Geliyorsun değil mi? Ha? Bırakmayacaksın beni değil mi?

TRİGORİN

İradem yok benim... Hiçbir zaman da olmadı... Uyuşuk, gevşek, nereye çekerlerse oraya giden biri... Kadınlar böyle bir erkekten nasıl hoşlanır? Al beni, götür, ama bir adım öteye bırakma kendinden!

ARKADİNA

(*Kendi kendine.*)

Elimdesin artık!

(*Hiçbir şey olmamış gibi, pervasızca.*)

Yine de istiyorsan kalabilirsin tabii. Ben giderim, bir hafta sonra da sen gelirsin. Niye acele edesin ki?

TRİGORİN

Yok! Birlikte gidelim artık.

ARKADİNA

Sen bilirsin... Madem öyle, birlikte gideriz...

(*Kısa bir sessizlik olur. Trigorin notlar alır.*)

ARKADİNA

Ne yapıyorsun?

TRİGORİN

İlginç bir söz duydum sabahleyin: "Kızlar Ormanı"... İşe yarar...

(*Gerinir.*)

Gidiyoruz demek... Yine vagonlar, istasyonlar, büfeler, pirzolalar, bitmez tükenmez konuşmalar...

ŞAMRAYEV

(*Girerken.*)

Arabanızın hazır olduğunu üzüntüyle bildiririm efendim. Yola çıkmanın vaktidir. Tren ikiyi beş geçe geliyor. Saygıdeğer İrina Nikolayevna, aktör Suzdaltsev'in şimdi nerelerde olduğunu soruşturmayı unutmazsınız değil mi? Hayatta mı? Sağlığı yerinde midir? Bir zamanlar az mı içtik birlikte... *Posta Arabası Soygunu*'nda eşsiz bir oyun çıkarmıştı... O zamanlar, hiç unutmam, yine çok seçkin bir kişi olan trajedi aktörü İsmailov ile birlikte çıkarlardı sahneye... Telaş etmeyin saygıdeğer hanımefendi, daha beş dakikanız var... Bir keresinde bir melodramda komplocu rolündeydiler... Ansızın ele geçtiklerinde, "tuzağa düştük" denilmesi gerekirken, "kucağa düştük" demez mi!

(*Kahkahalarla güler.*)

Kucağa!..

(*Şamrayev konuşurken Yakov aceleyle bavulları taşır. Hizmetçi kız, Arkadina'nın şapkasını, mantosunu, şemsiyesini, eldivenlerini getirir, herkes giyinmesine yardım eder. Aşçıbaşı görünür soldaki kapıda, bir süre bekledikten sonra kararsız adımlarla girer. Polina Andreyevna, sonra Sorin ve Medvedenko girerler.*)

POLİNA ANDREYEVNA

(*Elinde küçük bir sepetle.*)

Yol için erik topladım biraz... Çok tatlılar. Canınız yemek ister belki.

ARKADİNA

Çok naziksiniz Polina Andreyevna.

POLİNA ANDREYEVNA

Yolunuz açık olsun iki gözüm. Eğer bir kusurumuz olduysa bağışlayın...

(*Ağlar.*)

ARKADİNA

(*Onu kucaklayarak.*)

Her şey çok iyiydi, çok güzeldi. Ama ne var şimdi ağlayacak!

POLİNA ANDREYEVNA

Ömrümüz geçip gidiyor!

ARKADİNA

Elden bir şey gelmez ki...

SORİN

(*Sırtında pelerinli palto, başında şapka, elinde baston, sol kapıdan girer; odadan geçerken.*)

İrina, kardeşim, geç kalmayalım! Ben gidip arabaya oturuyorum vesselam.

MEDVEDENKO

Ben istasyona yayan geleceğim... sizi uğurlamaya... Gecikmem!

(*Çıkar.*)

ARKADİNA

Hoşça kalın dostlarım... Kısmet olursa gelecek yaz yine görüşürüz...

(*Hizmetçi kız, Yakov ve aşçıbaşı elini öperler.*)

Gönülden çıkarmayın beni.

(*Aşçıbaşına para verir.*)

Bir ruble, üçünüz için.

AŞÇIBAŞI

Teşekkürler hanımefendi. Yolunuz açık olsun! Minnettarız size.

YAKOV

İyi yolculuklar!

ŞAMRAYEV

Mektuplarınızı esirgemezseniz çok mutlu oluruz! Güle güle Boris Alekseyeviç!

ARKADİNA

Konstantin nerde? Söyleyin gidiyorum. Vedalaşalım. Eh, hadi hoşça kalın.

(*Yakov'a.*)

Aşçıbaşıya bir ruble verdim, üçünüz paylaşırsınız...

(*Birlikte sağdan çıkarlar. Sahne boşalır. Sahne gerisinden, yolcuların uğurlanışı sırasındaki sesler bağrışmalar işitilir. Hizmetçi kız girip masadan erik sepetini alarak çıkar.*)

TRİGORİN

(*Döner.*)

Bastonumu unutmuşum. Terasta olmalı.

(*Soldaki kapıya doğru yürürken Nina'yla karşılaşır.*)
Siz misiniz?.. Gidiyoruz...

NİNA
Bir daha görüşeceğimiz içime doğmuştu...
(*Heyecanla*)
Boris Alekseyeviç kesin kararımı verdim, ölsem de dönmem artık, sahneye çıkıyorum. Yarın ayrılıyorum burdan; babamı, her şeyi bırakıp yeni bir hayata başlıyorum... Sizin gibi Moskova'ya gidiyorum ben de... Orda görüşeceğiz.

TRİGORİN
(*Çevreye bakınarak.*)
"Slavyanski Bazar" oteline inin... Hemen haber ulaştırın bana... Molçanovka'da Groholski'nin evi... Acele etmeliyim...

NİNA
Bir dakikacık daha...

TRİGORİN
(*Alçak sesle.*)
Öyle güzelsiniz ki... Yakında görüşeceğimizi düşünmek ne büyük mutluluk!
(*Nina başını onun göğsüne bırakır.*)
Bu eşsiz gözleri göreceğim yine, tarifsiz güzellikteki bu ince gülüşü, bir meleğinki kadar masum bu güzel yüzü... Canım benim...
(*Uzun uzun öpüşürler.*)

IV. Perde

(*Üçüncü ve dördüncü perdelerin arasından iki yıllık bir süre geçmiştir. Sorin'lerin evinde Konstantin Treplev'in çalışma odası yaptığı bir salon. Sağda ve solda, içerdeki odalara açılan kapılar. Tam karşıda, terasa açılan camlı kapı. Bir konuk salonunda bulunması olağan eşya dışında, sağ köşede bir yazı masası, sol kapının yanında alaturka bir sedir, ayrıca bir kitaplık, pencere önlerinde ve iskemlelerde kitaplar. Vakit akşamdır. Abajurlu bir masa lambasının aydınlattığı odanın loşluğunda, bahçedeki ağaçların hışırtısı, rüzgârın bacalardaki uğultusu işitilmektedir. Bekçinin sopa vuruşları. Medvedenko ve Mâşa girerler.*)

MÂŞA

(*Seslenir.*)

Konstantin Gavrilıç! Konstantin Gavrilıç!

(*Çevreye bakınır.*)

Kimseler yok! İhtiyar da her an "Kostya nerde, Kostya nerde?" diye sorup duruyor. Yapamıyor onsuz...

MEDVEDENKO

Yalnızlıktan korkuyor.

(*Kulak kabartır.*)

Ne berbat bir hava! İki gündür böyle.

MÂŞA

(*Lambanın fitilini açar.*)

Gölde dalgalar göklere çıkıyor.

MEDVEDENKO

Bahçede göz gözü görmüyor. Söylesek de şu tiyatro sahnesini söküp atsalar. Çıplak, çirkin bir iskelet. Perdesi rüzgârda şaklıyor. Dün akşam ordan geçerken, sanki birisi ağlıyormuş gibi geldi bana.

MÂŞA

Daha neler...

(*Kısa bir sessizlik.*)

MEDVEDENKO

Mâşa, evimize gidelim.

MÂŞA

(*Başını olumsuz anlamda sallar.*)

Ben gece burda kalacağım.

MEDVEDENKO

(*Yalvarır.*)

Mâşa, gidelim! Yavrumuz açtır belki.

MÂŞA

Saçmalama. Matryona doyurmuştur.

(*Kısa bir sessizlik.*)

MEDVEDENKO

Yazık yavrucağa... Üç gündür annesiz...

MÂŞA

Çekilmez bir adam oldun artık! Eskiden, hiç değilse arada bir felsefe yapardın. Şimdi "yavrumuz... evimiz... yavrumuz..."dan başka laf çıkmaz oldu ağzından.

MEDVEDENKO

Mâşa gidelim.

MÂŞA

Kendin git.

MEDVEDENKO

Baban bana at vermez.

MÂŞA

Verir verir. Git iste...

MEDVEDENKO

Öyle ya, isteyeyim... Sen yarın mı geliyorsun?

MÂŞA

(*Enfiye çeker.*)

Hı-hı, yarın. Uzattın ama artık!

(*Treplev ve Polina Andreyevna girerler. Treplev yastıklar ve bir yorgan, Polina Andreyevna bir yatak çarşafı taşımaktadır. Getirdiklerini sedirin üstüne koyarlar. Treplev gidip masasının başına oturur.*)

MÂŞA

Ne için bunlar anne?

POLİNA ANDREYEVNA

Pyotr Nikolayeviç kendisine Kostya'nın odasına yatak yapılmasını istedi.

MÂŞA

Bırakın, ben yaparım...

(*Yatağı yapar.*)

POLİNA ANDREYEVNA

(*İçini çekerek.*)

Ha ihtiyar, ha çocuk... Farkı yok...

(*Polina Andreyevna, Treplev'in yazı masasına yaklaşır, dirsekleriyle masaya dayanarak yazılara bakar. Kısa bir sessizlik.*)

MEDVEDENKO

Eh, ben artık gideyim. Hoşça kal Mâşa.

(*Karısının elini öper.*)

Hoşça kal anneciğim...

(*Kayınvalidesinin elini öpmeye çalışır.*)

POLİNA ANDREYEVNA

(*Can sıkıntısıyla.*)

Hadi uğurlar olsun.

(*Treplev ona bir şey söylemeden uzatır elini, Medvedenko çıkar.*)

POLİNA ANDREYEVNA

(*Treplev'in yazdıklarına bakarak.*)

Günün birinde gerçekten de yazar olacağınız kimin aklına gelirdi Kostya! Tanrı'ya şükürler olsun, dergilerden para bile gönderiyorlar yazdıklarınız için...

(*Saçlarını okşar.*)

Yakışıklı da oldunuz... Kostya'cığım, güzelim, benim Mâşa'ya da biraz güler yüz gösterseniz ne olur!

MÂŞA

(*Yatağı yaparken.*)

Bırakın onu anne!

POLİNA ANDREYEVNA

(*Treplev'e.*)

Öyle cana yakındır ki...

(*Kısa bir sessizlik.*)

Kostya arada bir güler yüz göster bir kadına, başka bir şey istemez senden. Kendimden bilirim...

(*Treplev masadan kalkar, bir şey söylemeden çıkar.*)

MÂŞA

İşte kızdırdınız onu! Bu kadar üstüne varmak çok gerekliydi sanki!

POLİNA ANDREYEVNA

Ne yapayım, üzülüyorum senin için Maşenka!

MÂŞA

Ne de gerekli ya!

POLİNA ANDREYEVNA

İçim parçalanıyor sana baktıkça: Görmüyor, anlamıyor değilim ki...

MÂŞA

Budalalık hepsi. Umutsuz aşk romanlarda olur. Saçma bütün bunlar. İnsanın kendini bırakmaması, balığın kavağa çıkmasını bekler gibi boş umutlara kapılmaması gerek... Yüreğinde aşkın kıpırtısını duydun mu, yapılacak en iyi şey onu ordan kovmaktır. Kocamı başka bir yere atayacaklarmış zaten. Hele gidelim oraya, unutacağım her şeyi, kökünden söküp atacağım yüreğimden.

(*İki oda öteden hüzünlü bir vals duyulur.*)

POLİNA ANDREYEVNA

Kostya çalıyor. İçi sıkılıyor çocuğun.

MÂŞA

(*Sessizce birkaç tur vals yapar.*)

En önemlisi anne, gözden ırak olması... Benim Semyon'un atanma işi olsun, gidelim, bir ay geçmeden her şeyi unutacağım. Saçma bütün bunlar.

(*Soldaki kapı açılır. Dorn ve Medvedenko, tekerlekli sandalyesinde Sorin'i getirirler.*)

MEDVEDENKO

Altı nüfus benim elime bakıyor şimdi. Gel gör ki sekiz okka un, yetmiş kapik...

DORN

Yettirebilirsen yettir ha!

MEDVEDENKO

Sizin için hava hoş! Denizde kum sizde para.

DORN

Para mı? Otuz yıl gece gündüz, anamdan emdiğim süt burnumdan gelircesine çalıştıktan sonra iki bin ruble artırabilmişim. Onu da geçenlerde yurtdışında harcadım. Şimdi meteliğim yok.

MÂŞA

(*Kocasına.*)

Sen daha gitmedin mi?

MEDVEDENKO

(*Suçlu gibi.*)

Nasıl gideyim? At vermezlerse...

MÂŞA

(*Can sıkıntısı ve öfkeyle, alçak sesle.*)

Gözüm görmesin seni!

(*Sorin'in koltuğunu odanın sol tarafına getirirler; Polina Andreyevna, Mâşa ve Dorn da Sorin'in yakınında otururlar. Medvedenko üzüntü içinde bir köşeye çekilir.*)

DORN

Ne kadar değişmiş burası! Konuk salonu çalışma odası olmuş.

MÂŞA

Konstantin Gavrilıç daha rahat çalışıyor burda. Canı istediğinde çıkıp bahçede dolaşıyor, düşünüyor.

(*Bekçinin sopa vuruşları...*)

SORİN

Kardeşim nerde?

DORN

İstasyona Trigorin'i karşılamaya gitti. Nerdeyse döner.

SORİN

Kardeşimi çağırttığınıza göre hastalığım ciddi demek.

(*Duralar.*)

Şu işe bakın, hastalığım ciddi, ama kimsenin ilaç verdiği yok!

DORN

Ne istiyorsunuz ilaç olarak? Valeryan damlası mı? Karbonat mı? Yoksa kına mı?

SORİN

İşte felsefe başlıyor yine! Of, ne bitmez çiledir bu!

(*Başıyla sediri göstererek.*)

Benim için mi serildi?

POLİNA ANDREYEVNA

Sizin için Pyotr Nikolayeviç.

SORİN

Çok teşekkür ederim.

DORN

(*Bir şarkı mırıldanır.*)

"Yüzüyor ay gece göklerinde..."

SORİN

Ne diyeceğim bakın, Kostya'ya bir hikâye konusu vermek istiyorum. Adı şöyle olmalı: "İstemiş olan adam," *L'homme qui a voulu*. Bir zamanlar gençken yazar olmak istedim, olamadım. Güzel konuşmaya özendim beceremedim, dilin canına okudum.

(*Kendini taklit eder.*)

"... vesselam filan, falan filan..." Öyle ki başladığım lafı bağlayana kadar ter basardı. Evlenmek istedim, evlenemedim. Kentte yaşamak isterdim, hayatım köyde sona eriyor vesselam!

DORN

Yüksek dereceli devlet memuru olmak istiyordun, oldun.

SORİN

(*Güler.*)

Bunun için özel çaba harcamadım. Kendiliğinden oldu.

DORN

İnsanın altmış iki yaşında hayatından hoşnut olmadığını belirtmesi, kabul edersiniz ki pek soylu bir davranış değil.

SORİN

Ne dik kafalı adam bu! Yahu ben yaşamak istiyorum anlasanıza!

DORN

Havailik... Doğa yasalarına göre her yaşam bir yerde sona ermek zorundadır.

SORİN

Siz doymuş bir adam olarak yargı veriyorsunuz. Kanıksamışsınız artık, hayata karşı umursamazlığınız bundan; sizin için hepsi bir. Fakat ölmek sizin için de korkunç olacak.

DORN

Ölüm korkusu hayvansal bir korkudur... Onu alt etmek gerekir. Ancak ölümden sonraki hayata inananlar, bilinçli olarak korkarlar ölümden, çünkü günahlarının ağırlığı altında ezilirler... Oysa siz, bir kere öteki dünyaya inanan biri değilsiniz; ikincisi ne günahınız var? Yirmi beş yıl Adalet Bakanlığı'nda çalıştınız, hepsi bu.

SORİN

(*Güler.*)

Yirmi sekiz.

(*Treplev girer, Sorin'in ayak ucundaki sandalyeye oturur. Mâşa tüm sahne boyunca gözlerini ayırmaz ondan.*)

DORN

Konstantin Gavriloviç'in çalışmasına engel oluyoruz.

TREPLEV

Yok canım.

(*Kısa bir sessizlik.*)

MEDVEDENKO

Doktor, yurtdışında en çok hangi şehirden hoşlandığınızı sorabilir miyim?

DORN

Cenova'dan.

TREPLEV

Neden Cenova?

DORN

Çünkü orda sokakları dolduran kalabalıkta insanı çeken, etkileyen bir şey vardır. Akşamüstü otelden çıktığında, sokakların insanla dolduğunu görürsün. Sen de bu kalabalığa karışır, onunla kaynaşır, belirli amacın olmadan, gelişigüzel dolaşır durursun. Kendini bu kalabalığın bir parçası hisseder, evrensel bir ruhun varlığına inanmaya başlarsın... Hani bir zamanlar sizin oyununuzda Nina Zareçnaya'nın oynadığı türden bir şey... Sahi Zareçnaya nerelerde şimdi? Ne yapıyor?

TREPLEV

İyidir herhalde.

DORN

Biraz tuhaf bir yaşam sürdürdüğü çalındı da kulağıma... Nedir bu işin aslı?

TREPLEV

Uzun hikâye bu doktor.

DORN

Siz kısaca anlatın...

TREPLEV

Evinden ayrıldıktan sonra Trigorin'le yaşamaya başladı. Bunu biliyorsunuz değil mi?

DORN

Biliyorum, evet.

TREPLEV

Bir çocuğu oldu, çocuk öldü. Sonra Trigorin, pek doğal olarak onu bırakıp eski ilişkilerine döndü. Zaten bu ilişkileri hiçbir zaman koparmamıştı, kurnazlıkla hepsini birden idare edecek karakterde biridir çünkü. Bunlardan anlayabildiğim kadarıyla, Nina özel yaşamında başarısızlığa uğradı.

DORN

Ya sahnede?

TREPLEV

İşin bu yanı sanırım daha da kötü. Moskova yakınlarında yazlık bir tiyatroda başladı, taşraya gitti sonra. İlk zamanlar onu izliyor, nereye giderse ardından gidiyordum. Büyük rollere heves ediyordu. Fakat sesi kaba, kulak tırmalayıcı, hareketleri sert ve keskindi. Arada bir yeteneklice bağırdığı, yeteneklice öldüğü anlar olmuyor değildi... Fakat kısa, sürekli olmayan anlardı bunlar.

DORN

Ama yine de yeteneği var demek?

TREPLEV

Anlamak kolay değil. Var herhalde. Ben onu görüyordum, ama o beni görmek istemiyordu, hizmetçisi de bırakmıyordu otel odasına. Duygularını anlıyor, fazla ısrar etmiyordum görüşmekte.

(*Kısa bir sessizlik.*)

Başka ne anlatayım? Sonra buraya döndüğümde mektuplar aldım ondan. Akıllı, içten, ilginç mektuplardı... Yakınmıyordu hiçbir şeyden, ama alabildiğine mutsuz olduğunu hissediyordum... Her satırda hastalıklı, gerilmiş sinirler seziliyordu... Hayal dünyası da dağınıktı biraz. Martı diye imzalıyordu mektuplarını. Puşkin'in *Deniz Kızı* oyununda değirmencinin kendini kuzgun sanması gibi, o da mektuplarında bir martı olduğunu tekrarlayıp duruyordu. Burdaymış şimdi.

DORN

Burda mı? Nasıl yani?

TREPLEV

Şehirde, otelde, dört beş gündür orda bir odada kalıyor. Görmeye gidecektim, Marya İlyiniçna gitti de, ama kimseyi kabul etmiyor. Semyon Semyonoviç dün öğleden sonra onu kırda, burdan iki verst ötede gördüğünü söylüyor.

MEDVEDENKO

Gördüm ya! Şu yana, şehre doğru yürüyordu. Selamlayıp, neden bizi görmeye gelmediğini sordum. Geleceğini söyledi.

TREPLEV

Gelmez.

(*Kısa bir sessizlik.*)

Babasıyla üvey annesi adını bile duymak istemiyorlar. Her yana bekçiler koymuşlar, çiftliğe yanaştırılmaması için.

(*Doktorla birlikte yazı masasına doğru yürürler.*)

Doktor, kâğıt üzerinde filozof olmak ne kadar kolay, ama aslında ne kadar güç bir şey bu.

SORİN

Çok güzel bir kızdı.

DORN

Ne buyurdunuz?

SORİN

Çok güzel bir kızdı diyorum. Hatta müşavir Sorin bir ara âşıktı ona.

DORN

Seni koca çapkın!

(*Şamrayev'in gülüşü duyulur.*)

POLİNA ANDREYEVNA

Anlaşılan istasyondan döndü bizimkiler...

TREPLEV

Evet, annemin sesini duyuyorum.

(*Arkadina, Trigorin, arkalarından Şamrayev girerler.*)

ŞAMRAYEV

(*Girerken.*)

Bizler yaşlanıyoruz, doğanın kör güçleri aşındırıp yok ediyor bizleri, fakat siz saygıdeğer hanımefendi, siz her dem tazesiniz... Bu parlak bluz, bu canlılık, hareketlerinizdeki bu zarafet...

ARKADİNA

Yine nazarınız değecek, can sıkıcı adam!

TRİGORİN

(*Sorin'e.*)

Nasılsınız Pyotr Nikolayeviç? İkide bir hastalanma da ne oluyor? Hiç hoş değil!

(*Mâşa'yı görür, neşeyle.*)

Marya İlyiniçna!

MÂŞA

Tanıdınız demek?

(*Trigorin'in elini sıkar.*)

TRİGORİN

Evlendiniz mi?

MÂŞA

Çoktan.

TRİGORİN

Mutlusunuz ya?

(*Dorn ve Medvedenko'yla selamlaşır, sonra kararsız adımlarla Treplev'e yaklaşır.*)

İrina Nikolayevna geçmişi unuttuğunuzu, bana artık kızmadığınızı söylüyordu.

(*Treplev elini uzatır ona.*)

ARKADİNA

(*Oğluna.*)

Bak, Boris Alekseyeviç yeni hikâyenin yayımlandığı dergiyi getirdi.

TREPLEV

(*Dergiyi alır, Trigorin'e.*)

Teşekkür ederim. Çok naziksiniz.

(*Otururlar.*)

TRİGORİN

Hayranlarınızın da selamlarını getirdim... Petersburg'da ve Moskova'da hep sizden konuşuluyor zaten. "Nasıl biri?", "Kaç yaşında?", "Esmer mi, yoksa sarışın mı?" Herkes bu sorulara yanıt arıyor. Genç biri olmadığınız konusunda nedense görüş birliği var... Takma adla yazdığınız için gerçek adınızı da bilen yok. Demir Maske gibi gizemlisiniz...

TREPLEV

Epey kalacak mısınız burda?

TRİGORİN

Hayır. Yarın Moskova'ya dönmem gerek. Bitirmem gereken bir hikâye var. Bir yıllığa da bir şey yazmaya söz verdim. Yani eski tas eski hamam...

(*Onlar konuşurken, Arkadina ve Polina Andreyevna odanın ortasına bir oyun masası getirip açarlar. Şamrayev şamdanın mumlarını yakar, iskemlelerini yerleştirir. Dolaptan tombala kutusunu çıkarırlar.*)

TRİGORİN

Hava güler yüzle karşılamadı beni. Yaman rüzgâr var. Yarın yatışırsa biraz göle balık avlamaya gitmek istiyorum. Ha bir de hani parkta oyununuzun sahnelendiği bir yer vardı, anımsadınız mı bilmem, orayı görmeliyim. Bir hikâye konusu olgunlaştı da kafamda... Ama olay yerini belleğimde tazelemem gerekiyor...

MÂŞA

(*Babasına.*)

Baba, izin ver de bir at versinler kocama. Eve gitmesi gerek.

ŞAMRAYEV

(*Öfkeyle taklit ederek.*)

"At versinler...", "Eve gitmesi gerek..." Hayvanlar istasyondan yeni döndü görmedin mi? Yine yola koşamayız ya!

MÂŞA

At köküne kıran girmedi ya canım...

(*Babasının sustuğunu görünce, elini sallar.*)

Size dert anlatmak mı!..

MEDVEDENKO

Mâşa ben yayan da giderim... Gerçekten...

POLİNA ANDREYEVNA

(*İçini çekerek.*)

Yayan, bu havada...

(*Oyun masasına oturur.*)

Bayanlar baylar buyurun...

MEDVEDENKO

Canım ne olacak, topu topu altı verstlik yol... Hadi hoşça kalın...

(*Karısının elini öper.*)

Hoşça kal anneciğim...

(*Kaynanası istemeye istemeye uzatır elini.*)

Kimseye rahatsızlık vermek istemezdim ama yavrucak...

(*Eğilerek selamlar herkesi.*)

Hoşça kalın.

(*Suçlu suçlu yürüyerek çıkar.*)

ŞAMRAYEV

Yürüsün varsın! General değil ya bu!

POLİNA ANDREYEVNA

(*Masaya vurarak.*)

Bayanlar baylar, lütfen zaman yitirmeyelim. Az sonra akşam yemeğine çağrılacağız...

(*Şamrayev, Mâşa ve Dorn masa başına geçerler.*)

ARKADİNA

(*Trigorin'e.*)

Uzun güz akşamları başladığında tombala oynanır burda. Bakın şu gördüğünüz tombala çocukluğumuzdan kalmadır, anneciğim oynardı bizimle... Akşam yemeğine kadar siz de bir partiye katılmak istemez misiniz?

(*Trigorin'le birlikte masaya otururlar.*)

Can sıkıcı bir oyun ama alışınca hiç de fena değildir...

(*Herkese üçer kart dağıtır.*)

TREPLEV

(*Dergiyi karıştırarak.*)

Kendi hikâyesini okumuş, benimkinin olduğu sayfaları kesip açmamış bile...

(*Dergiyi çalışma masasının üstüne bırakır, sol kapıya doğru gider, yanından geçerken eğilip saçlarından öper annesinin.*)

ARKADİNA

Kostya sen oynamıyor musun?

TREPLEV

Bağışlayın, canım istemiyor... Biraz dolaşacağım.

(*Çıkar.*)

ARKADİNA

Onar kapik koyacağız. Doktor siz benim yerime de koyun.

DORN

Emredersiniz efendim.

MÂŞA

Herkes sürdü mü parasını? Çekiyorum... Yirmi iki!

ARKADİNA

Bende var!

MÂŞA

Üç!

DORN

Pek güzel!

MÂŞA

Üçe koydunuz mu? Sekiz! Seksen bir! On!

ŞAMRAYEV

Dur, dur, atlı kovalamıyor arkandan!

ARKADİNA

Harkov'da bir karşıladılar beni, bir karşıladılar, görecektiniz! Mutluluktan hâlâ başım dönüyor...

MÂŞA

Otuz dört!

(*Sahne gerisinde hüzünlü bir vals çalındığı duyulur.*)

ARKADİNA

Üniversiteliler alkış tufanına tuttular... Üç sepet çiçek, iki çelenk ve bir de bu...

(*Göğsündeki broşu çıkarıp masaya atar.*)

ŞAMRAYEV

Değerli bir şey bu...

MÂŞA

Elli!

DORN

Tam olarak elli mi?

ARKADİNA

Göz alıcı bir tuvalet vardı üstümde... Ee, başka şeye karışmam, ama giyinmesini bilirim ben...

POLİNA ANDREYEVNA

Kostya çalıyor. İçi sıkılıyor zavallı çocuğun.

ŞAMRAYEV

Gazeteler veryansın ediyorlar aleyhinde.

MÂŞA

Yetmiş yedi!

ARKADİNA

Aldırmayıversin.

TRİGORİN

Şansı yok. Kendi sesini bulamadı bir türlü. Tuhaf, bulanık, bazen sayıklamaya benzer bir şeyler var yazdıklarında. Kişileri yaşamıyor.

MÂŞA

On bir!

ARKADİNA

(*Göz ucuyla Sorin'e bakarak.*)

Petruşa sıkılıyor musun?

(*Kısa bir sessizlik.*)

Uyumuş.

DORN

Ekselans uyumuş.

MÂŞA

Yedi! Doksan!

TRİGORİN

Ben böyle bir yerde, böyle bir göl kıyısında yaşasam, elime kalem mi alırdım yazmak için? İçimdeki bu tutkuyu yener, balık tutmaktan başka bir şey yapmazdım.

MÂŞA

Yirmi sekiz!

TRİGORİN

Bir hani balığı ya da tatlı su levreği yakalamaktan daha büyük zevk mi olur!

DORN

Ben Konstantin Gavrilıç'ın yeteneğine inanıyorum. Bir şeyler var çocukta. Kesinlikle var! İmgelerle düşünüyor. Hikâyeleri canlı, parlak. Kendi payıma ben çok etkileniyorum onlardan. Üzücü olan, belirli bir amacın olmayışı. Okurda birtakım izlenimler uyandırıyor, hepsi bu... Fakat sadece izlenimlerle nereye kadar gidilir ki! İrina Nikolayevna, oğlunuz yazar diye mutlu musunuz?

ARKADİNA

İnanır mısın, henüz hiçbir şey okuyamadım ondan. Fırsat olmadı.

MÂŞA

Yirmi altı!

(*Treplev sessizce girer, masasına doğru gider.*)

ŞAMRAYEV

(*Trigorin'e.*)

Ha, Boris Alekseyeviç, sizin bir şeyiniz var bizde.

TRİGORİN

Nedir?

ŞAMRAYEV

Konstantin Gavrilıç'ın vurduğu bir martı vardı ya hani, bana onun içini doldurtmamı emretmiştiniz.

TRİGORİN

Anımsayamadım!

(*Bir an düşünür.*)

Anımsayamadım, hayır!

MÂŞA

Altmış altı! Bir!

TREPLEV

(*Pencereyi ardına kadar açar ve kulak kabartır.*)

Nasıl da karanlık! İçimdeki bu sıkıntının nedenini bilsem...

ARKADİNA

Kostya kapa pencereyi, fena esiyor.

(*Treplev pencereyi kapar.*)

MÂŞA

Seksen sekiz!

TRİGORİN

Bayanlar baylar, tombala!

ARKADİNA

(*Sevinçli.*)

Bravo! Bravo!

ŞAMRAYEV

Bravo!

ARKADİNA

Şansı her zaman her yerde yaver gider bu adamın.

(*Kalkar.*)

Hadi gidip bir şeyler atıştıralım şimdi. Ünlü yazarımız bugün öğle yemeği de yemedi. Yemekten sonra devam ederiz.

(*Oğluna.*)

Kostya bırak yazmayı da yemeğe gel.

TREPLEV

Sağol anne, ben tokum.

ARKADİNA

Nasıl istersen.

(*Sorin'i uyandırır.*)

Petruşa, yemek vakti geldi!

(*Şamrayev'in koluna girer.*)

Beni Harkov'da nasıl karşıladıklarını anlatayım size...

(*Polina Andreyevna mumları söndürür, Dorn'la birlikte Sorin'in tekerlekli sandalyesini iterler. Birlikte sol kapıdan çıkar hepsi. Sahnede, yazı masasında oturmakta olan Treplev kalır sadece.*)

TREPLEV

(*Yazmaya hazırlanır, daha önce yazdıklarını gözden geçirir.*)

Yeni biçimler konusunda çok söz ettim ama, yavaş yavaş basmakalıp bir söyleyişe kaydığımı hissediyorum...

(*Okur.*)

"Duvardaki afişte deniyordu ki..." "Koyu, siyah saçlarla çerçevelenmiş solgun bir yüz..." Deniliyordu ki... çerçevelenmiş...

(*Karalar.*)

Bayat sözler bunlar. Kahramanın yağmurun sesiyle uyanmasıyla başlayacağım, geri kalan her şey dışarı! Mehtaplı gece tasviri uzun ve özentili. Trigorin için kolay bunlar, kendi yöntemini elde etmiş o... Su bendinde kırık bir şişe ağzının parlaması ve değirmentaşının gölgesi, mehtaplı bir gecenin tasviri için ona yetiyor. Bana ise titrek ışıklar, yıldızların yumuşak parıltısı, bir piyanonun uzaklardan gelen ve güzel kokularla dolu dingin havada yitip giden ezgileri gerekli... Ne işkence!

(*Kısa bir sessizlik.*)

Biçimin eskiliğinde ya da yeniliğinde değil iş, yazdığın şeyi hangi biçimde olduğunu düşünmeden yazmanda, çünkü sözler özgürce akmaktadır ruhundan, bunu gitgide daha iyi anlıyorum...

(*Birisi masaya en yakın pencereyi tıklatır dışardan.*)

O da ne?

(*Pencereden dışarı bakar.*)

Karanlıktan başka bir şey görünmüyor.

(*Camlı kapıyı açıp bahçeye bakar.*)

Basamaklardan aşağı koşuyordu biri.

(*Seslenir.*)

Kim var orda?

(*Çıkar. Terasta hızlı hızlı yürüdüğü duyulur. Yarım dakika sonra Nina Zareçnaya ile döner.*)

Nina! Sizdiniz demek Nina!

(*Nina başını onun göğsüne dayar, sessizce ağlar.*)

TREPLEV

(*Çok duygulanmıştır.*)

Nina! Sizsiniz Nina!.. İçime doğmuştu, bütün gün bir sıkıntı kemirip durdu içimi...

(*Şapkasını ve pelerinini çıkarmasına yardım eder.*)

Ah biriciğim benim, güzelim, sevgilim! Geldi sonunda! Ama ağlamayalım, ağlamayalım ne olur!

NİNA

Biri var burda!

TREPLEV

Yok kimse.

NİNA

Kapıları kilitleyin, içeri giren olur.

TREPLEV

Yok, girmez kimse.

NİNA

İrina Nikolayevna'nın burda olduğunu biliyorum. Kapıları kilitleyin.

TREPLEV

(*Sağdaki kapıyı anahtarla kilitler, soldakine giderken*) Kilidi yok bunun, şu koltuğu yanaştırayım.

(*Bir koltuğu itip kapının arkasına dayar.*)

Korkmayın, kimse girmez içeri.

NİNA

(*Treplev'in dikkatle yüzüne bakar.*)

Sıcak, güzel... Konuk salonuydu burası. Çok değişmiş miyim?

TREPLEV

Evet. Zayıflamışsınız, gözleriniz daha da irileşmiş... Nina sizi görmem ne tuhaf! Neden hep kaçtınız benden? Neden şimdiye kadar gelmediniz buraya? Bir haftadır şehirde olduğunuzu biliyorum. Her gün birkaç kez otelinize gelip dilenci gibi pencerenizin altında durdum...

NİNA

Benden nefret edersiniz diye korkuyordum. Her gece düşümde karşılaşıyoruz, tanımıyorsunuz beni... Ah bir bilseniz! Geldiğimden beri buralarda dolaşıyorum... Gölün çevresinde. Birçok kez evinizin yakınına kadar geldim, ama bir türlü, bir türlü cesaret edemedim içeri girmeye. Oturalım hadi.

(*Otururlar.*)

Oturalım da konuşalım doya doya. Ne güzel burası, kuytu. Rüzgârı işitiyor musunuz? Bir cümle vardır Turgenyev'de: "Böyle gecelerde, sıcak bir köşesi, bir yuvası olanlara ne mutlu!" Bense bir martıyım... Yok, değil.

(*Alnını ovuşturur.*)

Ne diyordum... Ha, Turgenyev... "Tanrı tüm barınaksızların yardımcısı olsun..." Neyse.

(*Hüngür hüngür ağlar.*)

TREPLEV

Nina ağlıyorsunuz yine, Nina!..

NİNA

Ağlayayım bırakın. Böylece ferahlıyorum biraz. İki yıldır hiç ağlamadım. Dün akşam geç vakit, tiyatromuz yerinde mi diye bahçeye bakmaya geldim. Baktım duruyor orda! İki yıldan sonra ilk kez ağladım. İçim açıldı, ferahladım. Bakın, ağlamıyorum artık.

(*Treplev'in elini tutar.*)

Demek yazar oldunuz. Siz yazar, ben aktris... Böylece biz de bir girdaba yuvarlandık... Oysa bir çocuk sevinciyle yaşıyordum burda... Sabahları uyanınca bir şarkı tutturuyor, sizi seviyor, şöhret düşleri kuruyordum; ya şimdi? Yarın sabah erkenden üçüncü mevkide köylülerin arasında Yelets'e gidip, kültürlü görünme meraklısı tüccarların yapışkan iltifatlarına katlanmam gerekecek...

TREPLEV

Neden gidiyorsunuz Yelets'e?

NİNA

Bütün kış angajmanım var. Vakti geldi.

TREPLEV

Nina, nefret ettim sizden, lanetler yağdırdım; mektuplarınızı, fotoğraflarınızı yırtıp attım. Ama her an, bütün benliğimin, size sonsuza dek bağlı olduğunu biliyordum. Sizi sevmemek elimde değil Nina. Sizi yitirdiğim, yazdıklarımın yayınlanmaya başlandığı zamandan beri hayat dayanılmaz bir şey oldu benim için... Sanki ansızın koparıldım gençliğimden ve bazen bu dünyada doksan yıldır yaşıyormuşum gibi geliyor bana. Size sesleniyor, ayaklarınızın bastığı toprağı öpüyor; nereye baksam yüzünüzü, hayatımın en güzel yıllarında bana ışıldayan o sevgili gülümsemenizi görüyorum...

NİNA

(*Şaşırır.*)

Neden söylüyor bunları bana, neden?..

TREPLEV

Yapayalnızım, beni ısıtacak bir sevgi yok, bir yeraltı zindanındaymışım gibi üşüyorum, yazdıklarım da soğuk, yavan, bulanık... Nina yalvarırım burda kalın ya da bırakın sizinle geleyim...

(*Nina aceleyle şapkasını ve pelerinini giyer.*)

TREPLEV

Nina, neden? Ne olur, Nina...

(*Onun giyinmesine bakar. Kısa bir sessizlik olur.*)

NİNA

Arabam bahçe kapısı önünde bekliyor. Gelmenize gerek yok... Ben giderim...

(*Gözyaşları arasından*)

Bir bardak su verir misiniz?

TREPLEV

(*Suyu verir.*)

Şimdi nereye gideceksiniz?

NİNA

Şehre.

(*Kısa bir sessizlik olur.*)

İrina Nikolayevna burda mı?

TREPLEV

Evet... Perşembe günü dayım kötüleşti birden, telgraf çektik gelmesi için.

NİNA

Neden bastığım toprağı öptüğünüzü söylediniz bana? Beni öldürmek gerek.

(*Masaya eğilir.*)

Öyle yorgunum ki! Dinlenebilsem, birazcık dinlenebilsem!..

(*Başını kaldırır.*)

Bir martıyım ben... Yok, değil. Aktrisim. Ah, evet!

(*Arkadina ve Trigorin'in gülüşmelerini duyarak kulak kabartır. Sonra soldaki kapıya doğru koşarak anahtar deliğinden bakar.*)

O da burda demek!..

(*Treplev'e dönerek.*)

Eh, iyi... Ne yapalım... Evet... Tiyatroya inanmıyor, hayallerimle alay ediyordu... Böylece ben de inancımı yitirdim yavaş yavaş, hevesim kalmadı... Sonra aşkın getirdiği sorunlar, kıskançlıklar, yavrum için duyduğum sürekli korku... Ufaldım, zavallılaştım, boş bir kalıp gibi oynamaya başladım sahnede... Ellerimi nereye koyacağımı bilemiyor, ayakta düzgün durmayı beceremiyor, sesimi denetleyemiyordum... İnsanın çok berbat oynadığını hissetmesi ne korkunçtur bilemezsiniz! Bir martıyım ben. Yok, değil. Anımsıyor musunuz, bir martı vurmuştunuz. Günün birinde bir adam geliyor, görüyor onu ve yapacak başka bir işi olmadığından kıyıyor ona... Küçük bir hikâye konusu... Yok, bu da değildi söylemek istediğim...

(*Alnını ovuşturur.*)

Ne diyordum?.. Sahneden söz ediyordum, evet. Şimdi öyle değilim artık... Şimdi gerçek bir aktrisim, zevk duyarak, coşkuyla oynuyorum; kendimden geçiyorum sahnede ve çok güzel olduğumu hissediyorum... Burda olduğum şu günlerde de yürüyorum hep, yürüyor ve düşünüyorum... İçimdeki bir gücün gelişip büyüdüğünü hissediyorum gitgide... Kostya, yazmışız ya da sahnede oynamışız fark etmez, anlıyorum ki bizim bu işlerde başta gelen şey parıltı, şöhret filan gibi benim hayal ettiklerim değil, sabredebilme yeteneğidir... Kaderine katlanmasını bil ve inançlı ol... İnanıyorum ben ve o kadar çok acı çekmiyorum şimdi... Bir görevim, bir amacım olduğunu düşününce hayattan korkmuyorum...

TREPLEV

(*Kederle.*)

Siz yolunuzu bulmuşsunuz, nereye gittiğinizi biliyorsunuz... Bense kime, neye gerekli olduğunu bilmeden, hülyaların, görüntülerin kargaşasında sürükleniyorum... Bir inancım yok. Görevimin, amacımın ne olduğunu da bilmiyorum.

NİNA

(*Kulak kabartır.*)

Şşş... Şimdi gidiyorum ben. Hoşça kalın. Büyük bir aktris olduğumda görmeye gelin beni. Söz mü? Ama şimdi...

(*Elini sıkar.*)

Geç oldu. Ayakta duracak halim yok... Yorgunum, karnım da çok acıktı...

TREPLEV

Durun, yiyecek bir şeyler getireyim size...

NİNA

Yok, yok... Geçirmeye gelmeyin beni, kendim giderim... Arabam uzakta değil... Demek onu da getirdi? Eh, iyi... Ne yapalım... Trigorin'e bir şey söylemeyin gördüğünüzde... Onu seviyorum... Hatta eskisinden de daha çok seviyorum... Küçük bir hikâye konusu... Bütün kalbimle seviyorum, umutsuzca... Kostya, ne güzeldi o günler! Anımsıyor musunuz? Hayatımız nasıl da aydınlık, sıcacık, sevinç dolu ve tertemizdi! İnce, narin çiçeklere benzeyen ne duygulardı onlar!..

(*Ezberden okur.*)

"İnsanlar, aslanlar, kartallar ve keklikler, boynuzlu geyikler, kazlar, örümcekler, derin suların suskun balıkları, deniz yıldızları ve gözle görülmesi olanaksız varlıklar; kısaca tüm canlılar, yaşamlarının kederli çemberini tamamlayıp söndüler... Artık binlerce yüzyıldır yeryüzü tek bir canlı varlık taşımıyor üzerinde ve bu zavallı ay boşu boşuna yakıyor fenerini. Çayırlarda çığrışarak uyanan turna kuşları yok artık ve ıhlamur korularında mayıs böceklerinin vızıltıları işitilmiyor...

(*Treplev'i taşkınlıkla kucaklar ve camlı kapıdan kaçıp gider.*)

TREPLEV

(*Kısa bir sessizlikten sonra.*)

Bahçede bir gören olur da anneme söylerse hiç iyi olmaz. Üzülebilir annem...

(*İki dakika süresince tüm el yazmalarını sessizce yırtar ve masanın altına fırlatır, sonra sağdaki kapıyı açıp kapar.*)

DORN

(*Soldaki kapıyı açmaya çalışarak.*)

Tuhaf şey. Kilitlenmiş sanki...

(*Girer ve koltuğu yerine koyar.*)

Engelli koşu gibi!

(*Arkadina, Polina Andreyevna, arkalarında da şişelerle Yakov ve Mâşa, sonra Şamrayev ve Trigorin girerler.*)

ARKADİNA

Kırmızı şarapla Boris Alekseyeviç'in birasını şuraya, masaya koyun. Hem oynar, hem içeriz. Buyurun oturalım.

POLİNA ANDREYEVNA

(*Yakov'a.*)

Çayı da getir.

(*Mumları yakar, oyun masasına oturur.*)

ŞAMRAYEV

(*Trigorin'i dolaba götürür.*)

İşte, az önce sözünü ettiğim şey burda...

(*Dolaptan saman doldurulmuş bir martı çıkarır.*)

Siz ısmarlamıştınız...

TRİGORİN

(*Martıya bakar.*)

Anımsamıyorum!

(*Biraz düşünür.*)

Hayır, anımsamıyorum!

(*Sağdan, sahne gerisinden bir silah sesi işitilir, hepsi irkilir.*)

ARKADİNA

(*Korku içinde.*)

Nedir bu?

DORN

Hiç. İlaç çantamdaki şişelerden biri patlamıştır. Kaygılanacak bir şey yok.

(*Sağdaki kapıdan çıkar, yarım dakika sonra döner.*)

Tahmin ettiğim gibi. Eter şişesi patlamış.

(*Bir şarkı mırıldanır.*)

"İşte yeniden karşında senin, büyülenmiş gibi duruyorum ben..."

ARKADİNA

(*Yerine oturarak.*)

Öff, öyle korktum ki... Birden aklıma...

(*Yüzünü elleriyle kapar.*)

Bir an gözlerim bile karardı...

DORN

(*Bir dergiyi karıştırarak Trigorin'e.*)

İki ay kadar önce bir yazı çıkmıştı bu dergide... Amerika'dan gönderilen bir mektup... Size bir şey sormak istiyorum bu konuda.

(*Kolunu Trigorin'in beline dolayarak sahne önüne götürür onu.*)

Çünkü bu sorun çok ilgilendiriyor beni.

(*Sesini alçaltarak.*)

İrina Nikolayevna'yı alıp bir yerlere götürün. Konstantin Gavriloviç kendini vurmuş.

MODERN KLASİKLER DİZİSİ'NİN DİĞER KİTAPLARI

1. SİNEKLERİN TANRISI
   William Golding
   Çev. Minâ Urgan
2. BİLİNMEYEN ADANIN ÖYKÜSÜ
   José Saramago
   Çev. Emrah İmre
3. OTOMATİK PORTAKAL
   Anthony Burgess
   Çev. Dost Körpe
4. CASUS
   Joseph Conrad
   Çev. Ünal Aytür
5. KORKU VADİSİ
   Arthur Conan Doyle
   Çev. İpek Babacan
6. VAHŞETİN ÇAĞRISI
   Jack London
   Çev. Levent Cinemre
7. AFORİZMALAR
   Franz Kafka
   Çev. Osman Çakmakçı
8. KOPYALANMIŞ ADAM
   José Saramago
   Çev. Emrah İmre
9. DÖRT OYUN
   Bernard Shaw
   Çev. Sevgi Sanlı
10. BEYAZ DİŞ
    Jack London
    Çev. Levent Cinemre
11. ÜÇ ÖRNEK ÖYKÜ VE BİR ÖNSÖZ
    Miguel de Unamuno
    Çev. Yıldız Ersoy Canpolat
12. DÖRTLERİN YEMİNİ
    Arthur Conan Doyle
    Çev. İpek Babacan
13. A.B.D. / 42. ENLEM
    John Dos Passos
    Çev. Oya Dalgıç
14. ÜÇ BÜYÜK USTA
    Stefan Zweig
    Çev. Nafer Ermiş
15. KENDİLERİYLE SAVAŞANLAR
    Stefan Zweig
    Çev. Nafer Ermiş
16. ODA MÜZİĞİ - BÜTÜN ŞİİRLERİ
    James Joyce
    Çev. Osman Çakmakçı
17. KÜSKÜN KAHVENİN TÜRKÜSÜ
    Carson McCullers
    Çev. İpek Babacan
18. KENDİ HAYATININ ŞİİRİNİ YAZANLAR
    Stefan Zweig
    Çev. Gülperi Sert
19. BAHÇEDE EĞLENCE
    Katherine Mansfield
    Çev. Oya Dalgıç
20. A.B.D. / 1919
    John Dos Passos
    Çev. Oya Dalgıç
21. SATRANÇ
    Stefan Zweig
    Çev. Ahmet Cemal
22. BİLİNMEYEN BİR KADININ MEKTUBU
    Stefan Zweig
    Çev. Ahmet Cemal
23. DEMİR ÖKÇE
    Jack London
    Çev. Levent Cinemre
24. MOZART VE DEYYUSLAR
    Anthony Burgess
    Çev. Aslı Biçen
25. ÇOCUKSU BİR ŞEY
    Katherine Mansfield
    Çev. Oya Dalgıç
26. DÖNÜŞÜM
    Franz Kafka
    Çev. Gülperi Sert
27. KULE
    William Golding
    Çev. E. Efe Çakmak
28. ERMİŞ
    Halil Cibran
    Çev. Ayşe Berktay
29. ALTIN GÖZDE YANSIMALAR
    Carson McCullers
    Çev. İpek Babacan
30. BİR YAZARIN GÜNLÜĞÜ
    Virginia Woolf
    Çev. Oya Dalgıç
31. DENİZ KURDU
    Jack London
    Çev. Fadime Kâhya

64. KÖPEK KALBİ
Mihail Bulgakov
Çev. Mustafa Yılmaz
65. GÖMÜLÜ ŞAMDAN
Stefan Zweig
Çev. Regaip Minareci
66. OLAĞANÜSTÜ BİR GECE
Stefan Zweig
Çev. İlknur İgan
67. GEZGİN
Halil Cibran
Çev. Kenan Sarıalioğlu
68. BENİM ÜNİVERSİTELERİM
Maksim Gorki
Çev. Mazlum Beyhan
69. MÜREBBİYE
Stefan Zweig
Çev. İlknur İgan
70. TANRI CLAUDIUS
Robert Graves
Çev. Deniz Betil
71. ÜÇ KIZ KARDEŞ
Anton Pavloviç Çehov
Çev. Ataol Behramoğlu
72. AY'A YOLCULUK
Jules Verne
Çev. Bertan Onaran
73. DOKTOR HASTALANDI
Anthony Burgess
Çev. Can Moralı
74. TOM SAWYER'IN MACERALARI
Mark Twain
Çev. Bülent O. Doğan
75. FELICE'YE MEKTUPLAR
Franz Kafka
Çev. Çağlar Tanyeri, Murat Sözen, Turgay Kurultay
76. VİŞNE BAHÇESİ
Anton Pavloviç Çehov
Çev. Ataol Behramoğlu
77. BOYALI PEÇE
W. Somerset Maugham
Çev. Meltem Aydın
78. FENİÇKA
Lou Andreas-Salomé
Çev. İlknur İgan
79. SERBEST DÜŞÜŞ
William Golding
Çev. Nilgün Miler
80. CEZA KOLONİSİNDE VE DİĞER ÖYKÜLER
Franz Kafka
Çev. Gülperi Sert
81. AMERİKA
Franz Kafka
Çev. Regaip Minareci
82. BABAYA MEKTUP
Franz Kafka
Çev. Regaip Minareci
83. ARAYIŞLAR
Lou Andreas-Salomé
Çev. İlknur İgan
84. DALGALAR
Virginia Woolf
Çev. Tülin Cansunar
85. İNGİLİZ VE AMERİKAN EDEBİYATINDA KISA ÖYKÜNÜN BÜYÜK USTALARI
Haz. Çev. Celal Üster
86. ERMİŞİN BAHÇESİ
Halil Cibran
Çev. Kenan Sarıalioğlu
87. AMOK KAŞUCUSU
Stefan Zweig
Çev. Nafer Ermiş
88. CLARISSA
Stefan Zweig
Çev. Gülperi Sert
89. DEFİNE ADASI
Robert Louis Stevenson
Çev. Nurettin Elhüseyni
90. BİR ÇÖKÜŞÜN ÖYKÜSÜ
Stefan Zweig
Çev. Regaip Minareci
91. ANNE FRANK'IN HATIRA DEFTERİ
Türkçe Söyleyen: Can Yücel
92. DOKTOR OX'UN DENEYİ
Jules Verne
Çev. Alev Özgüner
93. YALNIZ BİR AVCIDIR YÜREK
Carson McCullers
Çev. Mehmet H. Doğan

94. 80 GÜNDE DÜNYA GEZİSİ
Jules Verne
Çev. Bertan Onaran
95. İNSANIN ESARETİ
W. Somerset Maugham
Çev. Tülin Er
96. MUTLU PRENS
Oscar Wilde
Çevirenler: Roza Hakmen / Fatih Özgüven
97. ALİCE HARİKALAR DİYARINDA
Levis Carroll
Çev. Sinan Ezber
98. AY IŞIĞI SOKAĞI
Stefan Zweig
Çev. Regaip Minareci
99. PİNOKYO
Carlo Collodi
Çev. Eğemen Berköz
100 DOKTOR MOREAU'NUN ADASI
H. G. Wells
Çev. Celâl Üster
101 DUVARCI USTASI DON GESUALDO
Giovanni Verga
Çev. Neyyire Gül Işık
102 ALTINCI KOĞUŞ
Anton Pavloviç Çehov
Çev. Yulva Muhurcişi
103 LORD JIM
Joseph Konrad
Çev. Dost Körpe
104. MECBURİYET
Stefan Zweig
Çev. Gülperi Sert
105. ARTAMONOVLAR
Maksim Gorki
Çev. Ayşe Hacıhasanoğlu
106. GÖRÜNÜR KARANLIK
William Golding
Çev. Can Moralı
107. ZAMAN MAKİNESİ
H. G. Wells
Çev. Celâl Üster
108. OTTLA'YA VE AİLEYE MEKTUPLAR
Franz Kafka
Çev. Regaip Minareci
109. RUTH
Lou Andreas-Salomé
Çev. İlknur İgan
110. ZACHARIUS USTA
Jules Verne
Çev. Alev Özgüner
111. BİR KUZEY MACERASI
Jack London
Çev. Levent Cinemre
112. GEÇMİŞE YOLCULUK
Stefan Zweig
Çev. Regaip Minareci
113. LEONARDO'NUN YAHUDA'SI
Leo Perutz
Çev. Zehra Aksu Yılmazer
114. USTA VE MARGARİTA
Mihail Bulgakov
Çev. Mustafa Kemal Yılmaz
115. ÜÇ YIL
Anton Pavloviç Çehov
Çev. Yulva Muhurcişi
116. KIZIL
Stefan Zweig
Çev. Regaip Minareci
117. BİR SAFDİLİN HATIRA DEFTERİ
Arkadi Averçenko
Çev. Mustafa Kemal Yılmaz
118. KIRIK KANATLAR
Halil Cibran
Çev. Kenan Sarıalioğlu
119. LYON'DA DÜĞÜN
Stefan Zweig
Çev. Gülperi Sert
120. RAHEL TANRI'YLA HESAPLAŞIYOR
Stefan Zweig
Çev. Gülperi Sert
121. ŞEYTAN'IN GÜNLÜĞÜ
Leonid Andreyev
Çev. Barış Zeren
122. PATLAYAN KUYRUKLUYILDIZLAR
Ekspresyonist Öyküler
Çev. Zehra Aksu Yılmazer
123. CEBERUT MARTIN
William Golding
Çev. Fadime Kâhya

124. ŞEYTAN TOZU
Leo Perutz
Çev. Zehra Aksu Yılmazer
125. BOZKIR - Bir Yolculuk Hikâyesi
Anton Pavloviç Çehov
Çev. Ayşe Hacıhasanoğlu
126. OZ BÜYÜCÜSÜ
L. Frank Baum
Çev. Volkan Yalçıntoklu
127. ÂDEM'DEN ÖNCE
Jack London
Çev. Levent Cinemre
128. İSTANBUL TRENİ
Graham Greene
Çev. Hüseyin Gündoğdu
129. ATEŞ YAKMAK
Jack London
Çev. Levent Cinemre
130. YAHUDA İSKARİOT
Leonid Andreyev
Çev. Mustafa Kemal Yılmaz
131. HOMEROS'UN KIZI
Robert Graves
Çev. Deniz Betil
132. MESELENİN ÖZÜ
Graham Greene
Çev. Mîna Urgan
133. KADRANSIZ SAAT
Carson McCullers
Çev. Can Moralı
134. HAYATIM
Anton Pavloviç Çehov
Çev. Yulva Muhurcişi
135. KIZIL KAHKAHA
Leonid Andreyev
Çev. Mustafa Kemal Yılmaz
136. DÜNYALAR SAVAŞI
H. G. Wells
Çev. Celâl Üster
137. PETER PAN
J. M. Barrie
Çev. Çiçek Öztek
138. UYANIŞ
Kate Chopin
Çev. Burcu Şahinli
139. CANAVAR
Stephen Crane,
Çev. Osman Çakmakçı
140. İNSANLIĞIN YILDIZININ YÜKSELDİĞİ ANLAR
Stefan Zweig
Çev. İlknur İgan
141. DENİZLER ALTINDA YİRMİ BİN FERSAH
Jules Verne
Çev. Berna Günen
142. KÜÇÜK KADINLAR
Louisa May Alcott
Çev. Cevdet Serbest
143. KASSANDRA
Christa Wolf
Çev. İlknur İgan
144. HAYATIN MUCİZELERİ
Stefan Zweig
Çev. Gülperi Sert
145. BUZULLAR ARASINDA BİR KIŞ
Jules Verne
Çev. Alev Özgüner
146. OLALLA
Robert Louis Stevenson
Çev. Celâl Üster
147. BENJAMIN BUTTON'IN TUHAF HİKÂYESİ
F. Scott Fitzgerald
Çev. Bülent O. Doğan
148. GİZLİ BAHÇE
Frances Hodgson Burnett
Çev. Osman Çakmakçı
149. BARAGAN'IN DİKENLERİ
Panait Istrati
Çev. Bertan Onaran
150. KARANLIĞIN YÜREĞİ
Joseph Conrad
Çev. Bülent O. Doğan
151. DOKUZLA DOKUZ ARASINDA
Leo Perutz
Çev. Zehra Aksu Yılmazer